新潮文庫

迷子の王様

―君たちに明日はない5―

垣根涼介著

新潮社版

10613

目次

迷子の王様

―君たちに明日はない5―

File 1.　トーキョー・イーストサイド

川向こうに、違う世界がある。

対岸から見る高層ビルの連なる世界。夜になると航空障害灯が無数に輝く。

でも、用がない限りは出かけることがなかった。

それでいいと思っていた。

小さな金物屋や床屋、駄菓子屋などが連なる商店街。鉄工所や、更地にあるユンボや、午後の路地にたたずむ昔ながらの定食屋。鉄や、ホルモンの焼ける臭《にお》い。それだけであたしの世界は満ちたりていた――。

1

トムヤム・ナムサイがテーブルの上に来た。

最近、真介《しんすけ》とのタイ料理では、締めに定番のトムヤム・クンではなく、赤い唐辛子ダレのペーストが入っていないナムサイのほうを食べることが多い。透明に近いスープで、辛くなく、この鍋《なべ》料理本来の風味が楽しめる。

私たちもお互い、歳《とし》を取ってきたんだな、と感じる。好む味も少しずつマイルドなものに変りつつある。

「ところでさ、真介」

その具とスープを二つの小鉢に取り分けながら、陽子は口を開いた。

「今週のサエラ、読んだ？」

ん？　というように、真介はまだ残っているパッタイの皿から顔を上げる。

「サエラって、あの経済週刊誌のこと？」

そう、と陽子はうなずいた。そして、脇《わき》の椅子《いす》に乗せたバッグの中から、念のために持ってきたその週刊誌を取り出した。

「書いてあるよ。当世リストラ事情」

言いつつ、真介の前に押しやる。表紙にも、その小見出しが踊っている。

曰《いわ》く、
止まらぬリストラ。

評価査定平均以上でも放り出そうとする『退職誘導』悪質手口の数々——。

そう言いながら、真介はまるで他人事《ひとごと》のように週刊誌を手に取る。パラパラとその特集ページを捲《めく》っていく。

「ふーん」

今の日本での潜在的な社内失業者は、五百万人にも達するという。

それらの膨大な人員を整理するために、会社側は達成が到底不可能な目標を与え、クリアできない社員を容赦なく降格させ、子会社に追いやり、それまで携わってきた仕事のスキルを何も活《い》かせない職場に放り込む。当然、そこでの人事評価は以前にも増して悪くなり、その査定の結果として、さらに劣悪な労働環境の中に落とされる。

挙句には、何もない小部屋に放り込まれ、社内電話を一つ与えられ、社内営業をしろという企業さえあるという。つまりは、「私をそちらの部署で使ってもらえませんか」という電話を、その使い手が現れるまで毎日毎日延々と掛け続けさせられる。だが、当然そんな電話で相手を使おうと思う部課長などいない。自己の存在価値を否定され続ける日々となる。結果、かなりの割合でそれら社員たちは精神を病み、結局は退職を余儀なくされる……。

こんなことが許されていいものか、と陽子はそれを読んだとき猛烈な怒りを覚え、かつ暗然とした気分になった。

目の前の真介は、しばらく記事に目を通していた。このリストラ請負会社に勤める男が、果たしてどういう反応を示すのか興味があった。

やがて真介は、うん、と一言つぶやいて、雑誌を閉じた。

「気の毒極まりない。一種の虐待《ぎゃくたい》だ」

「でしょ？」

そう同意を求めると、真介も渋い顔でうなずく。

「けど、その前段階の仕事を真介はしているって言ったら、怒る？」

いや、と真介は苦笑した。「でもだからこそ、条件さえ合えば辞めさせる方向に導いたほうが、その後の本人のためでもあるとは思う」

「どうして？」

「以前にさ、社長と、社長が昔リストラした相手との飲み会に、出たことがある。聞けば、もう十五年も続いている飲み会らしい」

「へえ？」

陽子にとって初耳の話だった。それにしても、首を切った人間と切られた人間の飲み会なんて、変な話だ。しかし、十五年も続いているからには、その立場を乗り越えて、お互いに何かしら感じあうものがあるのだろう。

「その時にさ、相手の一人が言ってた。『人間、もう必要とされなくなった場所に居てはいけないんだよ』ってね。そんな場所はとっとと捨てて、新たに必要とされる場所を探したほうがいい、って。別にクビ切る会社のことを肯定しているわけじゃないけど、企業とそこに勤める人って、どこか男女関係に似てるような気もする」

「男女？」

真介はうなずいた。

「女が嫌いになれば、いくら男のほうが好きで縋《すが》りつこうとしても別れるしかないでしょ、最終的には。諦《あきら》めきれずに変に纏《まと》わりついたって、さらに相手に嫌われて、次第に手厳しい扱いを受けるだけだろうし」

なんか、妙に説得力がある。危うく納得しかけ、慌《あわ》ててそれは違うと思う。

「でも、やっぱり男女の別れ話と会社の別れ話は違うじゃない。男女なら、その時よりもいい相手にめぐり合う可能性も高いけど、転職しても、けっこうな比率で上手《うま》くいくとは限らないんじゃないの。待遇面とか、仕事のやりがいとか。多くの場合は落ちるんじゃない？」

「そう、そこらあたりも確かに違うね」真介はさらにうなずく。「男女だと、別れ話をしている最中でも、焼けぼっくいに火がつくときもある。また縒《よ》りを戻して、幸せになることだってある。けど、会社がいったん『この人物は不要だ』って決めたら、仮に組織に残ったとしても、その評価は一生ついて廻るよ」

「……」

「確実にそれまでより、待遇も仕事のやりがいも落ちる。それに、長年勤めてきた社員を整理しなきゃならないほど財務状況の悪化した会社にいても、先々いいことがあるとは思えない」

「それは、そうだけど……」

なんだか今夜は、いつもに似合わずシビアな雰囲気になっているな、と感じる。それはむろん、自分が先にそんな話題を振ったからでもあるのだけど。

あのさ、としばらくして真介が口を開いた。

「そのうち、おれんちの最寄の駅まで来てもらってもいいかな？」

「え？」

「たぶん陽子が帰宅する頃に、急に呼び出すことになると思うけど……」

「なにそれ？」

「陽子にさ、ちょっと見てもらいたいことがあるんだよね」真介はやや首を傾《かし》げる。

「上手く言えないけど、今の話にも通じること」

そう言ったきり、真介は話題を変えた。

例によって、クルマとか友人の山下の話とか、どうでもいい馬鹿話《ばかばなし》を始めた。

2

面接三日目。

真介は、川田美代子と昼食から戻ってきた。時計を見る。十二時五十分ちょうど。

ふむ――ちょうどいいタイミングだろう。

「じゃあ美代ちゃん、次のファイルちょうだい」

デスクに座りながら、真介は口を開いた。

はーい、といつものように川田美代子が、のんびりと返事をしてファイルを差し出してくる。

「今回は、大変ですね」

つい苦笑する。

「いつも大変だよ。この仕事は」

えー、と川田もやんわりと笑う。

「でも、すごく自分の意見をはっきり言う人が多いですよねえ……」

「切り返しの鋭い女の人ばかりって？」

「まあ」

川田が曖昧《あいまい》にうなずく。

真介もうなずいた。その通りだ。実際、今回の会社の被面接者は、その職種の影響もあるだろうが、非常に人馴《ひとな》れしている。

当然だろう。彼女たちは、自らが美容部員として長年接客を繰り返し、その専門知識と対人スキルが磨かれた結果として、その美容部員をエリアごとに統括するエリアマネージャーになった人間ばかりなのだから。

株式会社コフレは、かつて日本で第二位のシェアを誇る老舗《しにせ》の化粧品メーカーだった。ほんの数年前までのことだ。

本業の化粧品部門は、長年培《つちか》ってきたブランド力と販売網で常に好調だったのだが、他部門の繊維、薬品、健康食品、不動産部門が、すべて長年にわたって赤字を垂れ流し続けていた。

特に繊維、不動産部門における一九九五年以降の凋落《ちょうらく》は甚だしく、とはいえ、家族主義、温情主義を社是として掲げていたコフレは、その対外的なイメージもあって、断固としたリストラ策を講じなかった。

挙句、選んだのが最悪の禁じ手である粉飾決算経営の積み重ねであった。いったい監査法人は何をしていたのかと真介も思うが、組織としての崩壊は、もう時間の問題だった。

東京地検特捜部が、証券取引法違反の容疑で経営陣を逮捕する。退任した旧経営陣の後を受けて、新体制が発足。事業再生プランのもとに産業再生機構の支援を要請した。

事業再編、土地建物の資産売却、不採算部門の撤廃や徹底的な合理化を経る過程で、依然好調だった化粧品部門だけは、大手化学メーカーである『ワコウ』に引き渡された。

というより、事業部門単体としてそのままの状態で買い手が付く組織は、この化粧品部門以外になかったと言える。

『ワコウ』の正式名称は、和弘株式会社である。日本を代表する生活日用品化学メーカーとして、家庭用の洗剤やボディソープ、トイレタリー用品、食品、化粧品を製造販売している。特に洗剤とトイレタリー用品の分野では、国内シェア首位の実績を誇り、食品部門でもレトルト食品の分野では、国内三位の実績を上げている。

ただ、最後発事業である化粧品部門だけは、資生堂やコフレなどの後塵《こうじん》を拝し、業界第七位、シェア率で言えば五パーセントほどでしかなかった。

しかし社長の高橋によれば、その化粧品の使い勝手や専門家筋による製品評価は、決してそのシェアほどに低いものではないという。

「ようは、イメージの問題もある。ブランド力とも言える」

社内会議の席上で、高橋は少し苦笑を浮かべて言ったものだ。

「和弘株式会社は、元々が洗剤と石鹸《せっけん》のメーカーとして発展した企業だ。さらに次に進出した事業であるトイレタリー用品のイメージも強い。そこの作っている化粧品、という印象が、どうしても一般購買層からは払拭《ふっしょく》されない。利幅の大きい高額化粧品のメインターゲットである四十代以上の女性には、特にその傾向がある。何故《なぜ》なら彼女たちは、ワコウが洗剤と石鹸ばかりを作っていたときに物心が付き、実際にそれを使っている母親を目にし、化粧に関心を持ち始めた十代後半から二十歳前後には、その上にトイレのケミカル用品を作っているメーカーというイメージが、どうしても残っているからだ」

なるほどな、とそれを聞いたときは真介も納得したものだ。ブランドイメージがいかに大事なものかを実感する。

クルマで例えれば、レクサスが相変わらず日本国内では苦戦している理由と、本質は似通っている。高級ブランドとはいえ、元はトヨタでしょ？ と言ってしまえばそれまでだからだ。特に高額商品の購買層は、そういう社会的な背景に敏感だ。そこに、いくら品質のいいレクサスブランドを作っても、なかなか思うように販売が伸びない理由がある。

「ともかくも、ワコウとしては自社の化粧品部門を強化するために、大枚をはたいて『コフレ』というブランドを買った。繰り返すが、ブランドイメージを買った。だからワコウによるコフレの吸収合併は大々的には喧伝《けんでん》されなかったし、コフレの自社ショップではブランド品目も美容部員もすべて残され、以前と変わらずコフレの商品だけを扱っている。つまり、最前線《ライン》は変らない」

さらに高橋の話は続いた。

「ただし、スタッフ部門は別だ。ワコウ本社の化粧品部門に吸収され、組織的に重なる部署は合併早々から人員整理が行われた。今回依頼があったエリアマネージャー部門の人員削減も、その流れの延長線上にある」

つまり、ブランド力と販売力は欲しいが、肝心の頭脳と指揮系統はワコウが受け持つというわけだ。

が、まあしかし、どこの組織でも最も疲弊し、最終的に割を食うのは現場と決まっている。その現場が商品のラインナップごと温存されているだけでも――一旦《いったん》はつぶれた会社と考えれば――かつてのコフレ・レディたちは、このご時世ではまだ幸せなほうだろう。

気を取り直し、今日三つ目のファイルを捲る。

滝川まりえ。

三十三歳。資料一枚目にある右上の顔写真を見る。

ああ、この彼女か、と先週に資料を見たときの記憶をはっきりと思い出す。自分でも良く分からないが、何故か笑ってしまう。

真正面を向いているその顔。ぷくっ、としている。大振りな団子鼻。くっきりとした二重の瞳《ひとみ》。大きな口。おそらくは自己主張の激しいタイプ。元々弁も立つ。目鼻立ちはどちらかと言えば整ったほうなのだが、それでも顔全体が膨らんでいるという印象は拭《ぬぐ》えない。風船に、その標準より十パーセント増しで空気を入れたような顔をしている。

まあ、ありていに言えば、『やや太め』ちゃんだ。針で突くと、パンっ、と破裂しそうな顔全体の表面張力が、妙な愛嬌《あいきょう》と滑稽感《こっけいかん》を醸《かも》し出している。

東京都江東区、亀戸《かめいど》の生まれ。いわゆる下町だ。地元の公立小学校、公立中学校を経て、これまた地元の進学校である都立両国高校を卒業。そのまま早稲田《わせだ》大学法学部にストレートで入学。

四枚目の個人情報欄を見る。三姉妹の長女、とある。両親にしてみれば、さぞや自慢の長女だったろう。

ふたたび一枚目の履歴書に戻る。

ん？　と先週読んだときと同じように、やはり引っかかる。

大学卒業に五年かかっている。留年したのだ。しかし個人情報欄には、特にサークル活動に熱中していたなどとは書いていない。

卒業後、主に女性雑誌の記事を請け負う編集プロダクションに就職。美容ライターの仕事に二年従事したあと、半年の無職時代がある。

二十六歳でベンチャー系の不動産会社に転職するも、わずか半年で辞職。

二十七歳で旧『コフレ』に美容部員として入社。契約社員としての採用だったが、一ヶ月の座学——肌と化粧品の基礎知識教育と接客マナー指導——の後、首都圏でも最大の売り上げを誇る新宿ルミネ店に配属される。

個人の売り上げは配属当初から好調を保ち、上司からの人事考課も高ポイントを維持。

二年後の二十九歳で、社内昇進試験を受けて正社員となる。と同時に、池袋サンシャインシティ店の店長にも昇進。ちなみにこの契約社員から正社員、そして店長への昇進は、社内では史上最短記録だということだ。

さらに二年後の三十一歳で、エリアマネージャーに昇進。

うん、と真介は思う。やはり、彼女はこの職種に向いているらしい。

一方で……

もう一度、四枚目の個人情報欄に戻る。

ここに、旧『コフレ』時代の滝川まりえの逸話が載っている。

彼女は店長になったときに、自分だけではなく同僚の多くが労基法に違反するシフトを組んでいたことに気づくや、違法労働だとエリアマネージャーと人事部長に訴え、その違反した出勤日のすべてを、過去一年分、休日出勤扱いにして手当を出すように、会社に要求している。人事部長としては、これからは改めるという方針を出したが、追加手当を出すことは渋ったらしい。しかし彼女は一店長に過ぎない立場にも拘《かか》わらず、頑として譲らなかった。結局はすったもんだの挙句、会社側がすべての社員を対象に追加手当を払った。

逆に言えば、条件を呑《の》ませるだけの性根が、彼女には備わっていたのだろう。

「仮にも一部上場企業で、こんな横暴がまかり通っているなんて、私には信じられません。私はこの仕事も会社も好きですが、それでも、いいんですよ。最終的には出るところに出ても」

そう、啖呵《たんか》を切ったらしい。

やはり笑ってしまう。法学部出身の下町っ子。いかにもと言った正義感と気風《きっぷ》のよさだ。

しかし、会社の管理部として見れば意外に扱いにくい人物だということが、この一点で記憶された。さらにこの資料は、現在のワコウにも引き継がれる。

ワコウはその企業風土として、組織で動く。対してコフレは、個人にその裁量を任せ、個々人の力量と自主性で動く傾向が強かった。

そのせいか、ワコウの指揮系統に入ってから、滝川まりえは、その上司である地域統括課長と仕事のやりかたを巡って何度かぶつかっている。一本気な性格でもあるのだろう。

ちなみに、このたびの面接に関しての人事部の評定は三段階ＡＢＣの内の、『Ｂ』。仕事が出来ないわけではないのだが、指揮系統と揉《も》めることが多く、結果としてそれがワコウの組織を乱す。できれば辞めさせたいという評定だった。

なるほどね。

不意に、先日の陽子の言葉を思い出す。

けど、その前段階の仕事を真介はしているって言ったら、怒る？

まあ、そのとおりだ。

だが、このことに関しては、真介も真介なりに思うところがある……。

そんなことを考えながら、ちょうどファイルを閉じたときに、正面のドアにノックの音が弾《はじ》けた。

真介は立ち上がりながら口を開く。

「はい、どうぞ。お入りください」

ノブが廻り、勢いよくドアが開く。また少し笑う。面接室のこのドアが勢いよく開くこと自体、珍しい。やはり、相当な肝っ玉の持ち主のようだ。

大柄な女性が姿を現す。全身黒ずくめの衣装だが、それでも標準女性の体型二割増しなのは隠せない。ずん、ずん、ずん、という感じで、勢いよく真介のほうに向かってくる。踵《かかと》を直接地面に打ち付けるような勇ましい歩き方だ。ここが板の間だったら、その振動は真介の体にも間違いなく響いている。まるでキャタピラをアスファルトに打ち付けて走るブルドーザーだ。

その丸い顔がどんどん近づいてくる。迫ってくる。鼻息も荒そうだ。歩くたびに両方の鼻孔から、ディーゼルエンジンさながらに荒く空気を吸い、吐き出しているような錯覚を味わう。まるで日雇い労働者の女親方と言った風情《ふぜい》だ。

やるなー、と真介は意味もなく感心する。が、何がやるのかは、自分でもよく分からない。

この時点で彼女に対して、はっきりと好意を感じ始めている自分がいた。むろん、性的な意味ではないが。

「滝川さんですね、さ、どうぞ。こちらのほうにお座りください」

「はい」

と、喉《のど》の底から声を発し、目の前の椅子に腰を下ろす。

「私がこの度、滝川さんの面接をさせていただく村上と申します。どうぞよろしくお願いいたします」

滝川ははっきりとうなずく。

だが声は発しない。うなずいただけだ。

さらに真介は口を開く。

「コーヒーかお茶か、お飲みになりますか？」

「はい。コーヒーをください」彼女は言った。「できれば予《あらかじ》め、砂糖とミルクを二つずつ入れたものを頂けると、嬉《うれ》しいです」

おー、とまた内心おかしくなる。

今までいろんなタイプの人間を面接してきたが、事前に『砂糖とミルクを二つずつ入れたもの』と注文をつけてきた人間は初めてだ。

すると、滝川がやや首をかしげて真介を見た。

「なにか？」

慌てて表情を引き締める。

「いえ、何も」

川田がコーヒーを持ってきた。そのカップの内部が少し見える。コーヒーと言うより、すでにカフェオレの色をしている。

真介が見ているうちに、滝川はさっそくカップに口を付けた。一口軽く飲み、それから間を置いて、二口、三口と飲む。その間にも軽い吐息を洩《も》らす。分かる。彼女は束《つか》の間《ま》、全身がその甘みに囚《とら》われている。

自分がクビを切られるかもしれない場面で、まったくたいした度胸だと思う。と同時に、人も相当に良いのだろう、と感じる。

真介はデスクの上で両手を組みなおした。

「さて、滝川さん、あなたもご存知のとおり、ワコウは旧コフレとの合併後に膨らんだエリアマネージャーの数を削減しようとしております」

が、いつものようにそこから会社の現状を語るのは控え、代わりに滝川をじっと見つめた。言わなくても、旧コフレにいた人間には、おそらく自分たちがまず初めに人員整理される事は、充分に分かり過ぎているからだ。

果たして滝川は軽くうなずき、口を開いた。

「立場の弱い側は去れ、ということですか」

そう、いきなり切り込んできた。

なるほど、と先ほどからの彼女の落ち着きを認識し直す。

度胸でもない。人の良さでもない。すでにある程度腹を括《くく》った者に特有の落ち着きだったのだ。だから、あんなに余裕の雰囲気でコーヒーを味わっていた。

そして、その延長線上にある相手の台詞《せりふ》も想像できる。

だからすかさず真介は、反論の出口を塞《ふさ》いだ。

「むろん、現在の日本では指名解雇は労働契約法によって制約されています。ですから今回の面接は、その出身母体に関係なく、エリアマネージャー全体を対象としたものです。ご本人の意向を無視して会社が解雇するというのは、ありえないと思ってください」

「当然ですよね」

と相手も軽く受け流す。真介もうなずき、当然です、と繰り返した。

「ただ、率直に申し上げて、旧コフレ出身の方はこれから御社に残られても、メインストリームには乗れない可能性がありますが、そこら当たりのことは、どうお考えですか？」

一瞬黙り込み、滝川は答えた。

「それは、私自身がよく考えればいいことであって、少なくとも外部の方から心配されるような事柄ではありませんよね」

真介は思わず笑った。その通りだったからだ。

すると、さすがに滝川も苦笑した。

「失礼ですよね。私」

いえ、と真介は答えた。「もともと失礼なのは、こちらの立場のほうです」

すると滝川はさらに少し笑った。だが、何も言わなかった。

ふむ、と真介は思う。

今の一連の流れの裏を読む。

つまり、真介の質問を表面上は突っぱねたが、否定はしていない。『よく考える』の言葉通り、間違いなく転職の道も考えている。

そしてこのタイプが考えるというからには、こちらが下手に辞職の道へ誘導すれば、かえって反発を招きかねない。一見豪快そうに見えながらも、かなり冷静に考えることも出来そうだ。そして当然、冷静に考えれば考えるほど、このまま会社に残っても、そんなに明るい未来はないことも分かるだろう。

であれば、なおさらこちらから差し出がましいことをいう必要はない。

うん――。

「分かりました」

真介はそう言って、大げさに個人のファイルを閉じた。

「では私のほうからは、万が一早期退職を選択された場合の、御社のフォローアップ制度を説明させていただいて、今回の面接は終わりにしたいと思いますが、よろしいですか？」

はい、と滝川ははっきりとうなずいた。

それを受けて真介は、この滝川の場合に支払われる特別退職金の額、残っている有給休暇の買い取り制度、再就職先を捜す際に会社負担で使える就職斡旋《あっせん》会社などの説明をした。

「分かりました」

真介が口を閉じたあと、滝川はうなずいた。

真介もうなずき返し、

「いちおう今までの説明の補足ですが、今回の人員整理ではその目標人員に達するまで、最大三回の面接をどなたにも受けていただくことになっております」

「はい」

「ですが、もし御社に残られることをあくまでも希望される場合には、その三回の面接を終了された後には、たとえ希望退職者が予定数に達していなくても、その後、退職の勧告を受けることはありません」

すると、滝川は鍵盤《けんばん》のように頑丈な歯並びを見せた。

「でも、ひとまずは、ということですよね」

「どういう意味でしょう？」

「また数年後とかに人員整理がかけられれば、こんな面接を受けるかもしれない、という意味で」

それは、そうかもしれません、と真介も仕方なく苦笑した。

そしてますます確信を深くする。この女、おそらくは辞めるだろう、と。

それからすぐ、滝川は部屋を出て行った。

なんとなくだが、横の川田を見る。川田もまた真介を見ている。

結局さ、と真介は言った。

「自分の人生は、自分で決めるのが一番なんだろうけどさ」

すると、川田は笑った。

「けど、わたしもですけど、意外と自分のことって、自分じゃ決められないですよねぇ」

つい真介もうなずく。その通りだからだ。

自分で決める。人はいろいろなことを自分で決めているつもりで、意外と自分で決めていない。というより、自分の判断において、責任のある決定をしていない。

会社に辞めろといわれたから辞めた。

世間的にもこれがマトモな会社だと言われているから、就職する。

好きだといわれたから、そんな悪い相手でもないし、付き合った。

などなど、だ。

すべての判断を、その外部の要因から持ってくる。まあ、それはそれでアリなのかもしれないが、もしその判断が失敗したら、けっこう人は悔やむ。思い出すたびに納得できないものを感じる。理由は、その判断を外部要因だけから引っ張ってきているからだ。

それよりも、

「なんとなーくだけど、辞めた」

「居心地の良さそうな会社だから、入った」

「面白そうだから、付き合った」

という判断のほうが、一見間抜けに見えても、まだマシなのかもしれない。

そこにはぼんやりとしながらも、まだ主体性のようなものが垣間見える。

真介はそのことを簡単に掻《か》い摘《つま》んで川田に話した。

「つまり、そういうことかな？」

すると川田は、

「うーん、と……よく分かんないです」

と、答えた。

真介はまた笑った。たぶんこの女、よく分からないながらも、今の彼氏と付き合っている。が、まあ何かが気に入っているのだろう。

3

窓の外は真っ暗だ。ずうっと真っ暗だ。

馬喰《ばくろ》横山《よこやま》駅を通り、浜町《はまちよう》駅を過ぎた頃から、その密度はいっそう増してゆく気がする。

当然だよな、とまりえは思う。

都営新宿線は今、隅田川の川底の、さらに地下深くに潜って走っているからだ。その最深部で、中央区の区境を越えて江東区へと入っていく。

まりえが今住んでいる賃貸マンションは、隅田川を越えてから五駅目の大島《おおじま》にある。十階建ての六階だ。駅から歩いて十分ほどの場所にある。

社会人になってから、初めて親元を出て一人暮らしを始めた。

もう一人前なんだから、これからは何事も一人でやっていくんだ。

そう思った。

でも反面、こうして親元を離れて十年ほどが経《た》った今、ある程度冷静になって自分を振り返ると、まりえの住んでいる世界の位置は、子どものころから何も変っちゃいないんだな、とも思う。

まりえの実家は同じ江東区の、北に二十分ほど歩いた場所に今もある。亀戸天神の近くだ。今もその気になれば、すぐに気軽に家に行ける。

実家だけではない。亀戸水神も、昔通った小学校も中学校も、そして近所の子どもとしばしば遊び場にしていた商店街も、その気になれば今でも歩いていけるところにある。

だから自分は、結局は自分が生まれた町を、地域を、そしてその世界をチョイスして、一人暮らしをはじめたに過ぎないのだという事実に、今さらながらに突き当たる。

形式としては完全な一人暮らしでも、心理的にはいつも半独立だった。

両親は小さな鉄工所を経営していた。まりえが子どものころ、世の中はまだ好景気に沸いていた。両親はいつも遅くまで仕事をしていたが、稼ぎも多く、家の中はいつも笑いが絶えなかった。

近所の遊び友達は、床屋や飲み屋や金物屋、土建屋の子どもといった感じだ。祭りのときに町内会で担《かつ》いだ子供用の御輿《みこし》。半被《はっぴ》。アスファルトを踏む足袋。夏の空に煌《きら》めく熱気と掛け声、打ち水の匂《にお》い。

勉強も人一倍出来た。女だてらに、近所の子どもたちのリーダーだった。何も悩みはなかった。最高の子ども時代だったと今でも思う。

「まりえちゃんは、本当にしっかりしてる」

いいまりえのことをいつも褒めちぎっていた近所のオバちゃんたち。

「勉強がすごく出来るんだってね。まりえちゃん、偉いねえ」

そう言って、ラムネを奢《おご》ってくれた駄菓子屋のオジさん。

そんなことを言われる度に、いつもほくほくとしていた両親の顔が思い浮かぶ……。

子ども時代、努力さえすれば何にでもなれると思っていた。宇宙飛行士。国際経済学者。弁護士。未来は薔薇色《ばらいろ》に思えた。

一方で、まりえが中学校に上がるか上がらない頃から、時代は少しずつ変化し始めていた。鉄工所の仕事も減り、請ける仕事の単価も安くなり、受注リストを見つめる両親も溜息《ためいき》をつくことが多くなった。バブルの崩壊。そしてそれは、これからも右肩上がりの経済成長が続くと誰もが信じて疑っていなかったそれ以前とそれ以降の、日本神話の崩壊でもあった。相前後して起きた、デフレによる激しい価格競争が長引くにつれ、商店街に軒を連ねていた店の半分は、その店舗の持ち主が替わるか、シャッターを下ろした。日本中が一気に地盤沈下を起こし始めていた。

まりえには、本当は進学したい私立の女子高があった。東京の中心部にある、都内でも五本の指に入る有名私立女子高だった。しかし、両親の経済状態を見て密《ひそ》かに断念し、地元の公立進学校に進んだ。

一方で、近所からの賞賛の声はさらに高まった。

「すごいねえ、両国高校だって？」

だがまりえは、自ら決断して地元の高校に進んだとは言うものの、結果としては何か釈然としない気分を抱え込んでいた。しかし、そのことは誰にも言わなかった。言えるはずもなかった。同じ高校に通う友達に言えば、「まりえはさ、私たちのこと、馬鹿にしてんの？」と思うだろうし、さらに鋭い友達になれば、「それってさ、結局まりえ、自分のことを馬鹿にしてんじゃん」と、さらに辛辣《しんらつ》な答えが返ってくるだろう。

むろん、両親に対してもおくびにも出さなかった。

両親は、二人とも高卒だ。揃《そろ》って長野と福島という田舎の出身だった。上京してきた後、この江東区で、父は鉄工所員として働き始め、母は小さな化学繊維工場の事務員として勤めていた。出会ったのは、その二つの会社の社員がよく利用していた居酒屋だ。

そんな両親にとって進学校といえば両国高校のことだったし、それ以外の選択肢があるなどとは、夢にも思い描いたことはないようだった。

だいたい、まりえの子ども時代の近所の遊び友達で、大学まで進学しようと思っていた人間は一人もいなかった。床屋のエミちゃん、肉屋のヒデ坊、金物屋のケンジ、土建屋のケーちゃん……みんな、高校を出たら働き始めるつもりで、工業高校や商業高校に進んだ。彼らとは、高校に進学してから次第に疎遠《そえん》になった。

まりえは、すこしずつ太り始めた。

高校でもまりえは勉強が出来た。大学には進む気だった。両親が自分のために学資保険を積み立てていることも知っていた。授業料など、大学は国立も私学もそんなに変らないものだ。

そして、早稲田に合格した。

「えっ、早稲田に受かったのっ。しかもホーガクブっ」

周囲は賞賛の目で見てくれた。この結果にはまりえも満足だった。努力してきた。だから受かったのだ。自分でもそう思った。ようやく隅田川の川向こうへと渡った。

だが入学後、軽い違和感があり、そののちしばらくして、愕然《がくぜん》とすることが何度かあった。

最初、新しく出来た友達から一人称を指摘された。

「なんでさ、まりえは自分のことを『まりえ』って呼ぶの？」

えっ、と思った。何が問題なのかまったく分からなかった。呆然《ぼうぜん》としているまりえに、さらに彼女は言葉を続けた。

「『まりえはさあ〜』って自分のことを呼ぶんじゃなくて、普通は『あたしは〜』でしょ。五、六歳の子どもじゃないんだから」

思わず口が開きかけた。

だってさ、まりえの地元じゃあ、みんなそうだったよ。

エミちゃんも自分のことを『エミはさあ』って言ってたし、ケーコも自分のことを『ケーちゃん』って言ってた。今もそうだ。それって女なら、それこそ普通のことじゃん？？？

「……」

しかし口には出さなかった。

まりえちゃん、こんにちは。

まりえちゃん、今日は一人なの？

まりえちゃん、お母さんは？

近所の人たちが口にする自分の名前。みんな自分の子のように、分け隔てなくあたしを可愛《かわい》がってくれた。それは何もまりえだけではない。エミちゃんもケーちゃんも、ヒデ坊もケンジも、みんなそうだ。逆に悪いことをすれば、近所のオジさんやオバさんからでも容赦なく叱《しか》られた。わが子と近所の子の分け隔てなど、ほとんど存在しない。地域の子として生まれ、愛され、育てられたのだ。

でも、やはり口にはできなかった。

軽い違和感の理由……。

周りを見回すと、女友達たちはみんな『わたし』ないしは『あたし』と言っていた。

ショックだった。なんだか自分が生まれ育ってきた世界の価値観を、全否定されたような気がした。

しかし直後には猛烈に腹が立ったものだ。持ち前の勝気さがむくむくと頭をもたげた。

くそっ——なんなんだっ。

あたしは、誰がなんと言おうとあたしなんだ。まりえはまりえで、何が悪いっ。

だから親しくなった友人たちにだけは、それ以降も意地になって『まりえはねえ』を押し通した。ついには友人たちも、まりえはまた言ってるよー、と仕方なさそうに笑い出すようになった。

うん、とまりえは満足だった。

勝った、と思った。何に勝ったのかは自分でもよく分からなかったが、これでいいんだ、と密かに満足を覚えた。よしっ。

しかし、だ。

しばらくして大学生活が落ち着くと、合コンがしばしば開催されるようになった。

むろん『早稲女《わせじょ》』の合コン相手だから、相手もそれなりの学歴だ。

というか、いわゆる学歴が、女性陣より下と見なされる男子大学生相手のコンパというものは、通常はありえないものらしい。どうやら川向こうの世間とは、そういうものらしい……。

必然、その相手は同じ早稲田や、東大、一橋、慶応、東京工業大学あたりに絞られてくる。

普段はひどくお喋《しゃべ》りで闊達《かったつ》なまりえも、そんな合コンが回を重ねるにつれ、次第に無口になった。

飲み会の始まりでは気軽に話していても、途中で、その内容に付いていけない話題が、しばしば出たのだ。

「そういやさあ、昔おれ、親の転勤でミュンヘンにいたときに、友達になったドイツ人がボロっボロのベーエムヴェー持っててさあ――」

ミュンヘン？　ベーエムヴェー？　ナニそれ？？

正式名称は、バイエリッシェ・モトーレン・ヴェルケ・アーゲー……そのドイツ語読みの頭文字を取って、ＢＭＷ。後に、所謂《いわゆる》ビーエムのことだと知った。

「あっ、おれその子知ってるっ。小学校のときに一緒だった。たしかＪＧに進んだよね」

ＪＧ？

女子学院。東京で三指に入る私立の女子高だ。むろん知っている。でも、ここのみんなは、そういう呼び方をするんだ。すくなくともまりえの地元じゃあ、誰もそんな呼び方しなかった……。

「このまえ、ウチでパーティやったときにさ——」

……。

しかし、なにも話題はそういう家や大学以前の学歴のことだけではない。それに、みんな自慢しているような感じでもない。ごく自然に、そこらあたりに転がっている小ネタを話題にしているという雰囲気だった。

「おれはさあ、六〇年代後半の生まれの人間って、音楽的には、何気《なにげ》にうらやましいんだよね。ナイアガラが出てさ、RCが出てさ、佐野元春が出てさ、尾崎が出て、ブルーハーツが出てくる。好き嫌いはともかくとして、そのたびにシーンの流れがガラリと変ってさあ、それを十代のリアルタイムで、ぜんぶ聞けてるんだから。やっぱりその時じゃないと、衝撃とかガツーンってくるものって、分からないよね」

「そうは言うけどさ、R&Bだけは、J・POPでも独自の進化を続けてんじゃん？」

「R&B自体、本来はアフリカ系アメリカ人が発祥だろ。ジャズと一緒で。人種としてのアイデンティティと社会階層化への悲しみ。成り立ちからして、日本人が聞く音楽としてはメジャーにはなり得ないだろ」

「ちょっと待て。それって日本が単一民族と単一階層だって前提？　それは違うんじゃねえの」

例えば、こんな一見下世話な音楽の話にしてもそうだ。

単に好き嫌いで終わるだけではなく、系統立てた包括的な自分の意見を、これまたごく自然に世間話の俎上《そじょう》に載せる。そしてそれら他人の意見を、喧嘩腰《けんかごし》でもなく、反発する感じでもなく、笑いながら批評しあい、検討しあう。だから話題が、更なる広がりを見せる。

上手《うま》く言えないが、まりえはそのモノの捉《とら》え方や話法、態度自体に、気後れするものを感じた。自分とは違い、なにか圧倒的な文化的背景が、彼らにはあるように思えた……。

文化と言えば、何の催しだったか忘れたが、とにかくあまり興味のない休日のイヴェントを見に、友人同士で渋谷に出かけることになった。

まりえは、なんとなく気が乗らなかった。

友人の一人が、そんなまりえに気づいて口を開いた。

「まりえ、なんか不満そうね」

まりえはつい言った。

「えー、だってさあ、まりえはそんなことのために、休日まで川向こうに行きたくないよー」

一瞬、周囲の目が丸くなり、直後には爆笑の渦に包まれた。

友人たちはなおも目尻《めじり》に涙を滲《にじ》ませながら、こう言ったものだ。

「川向こうってさ、あんたいったい、どんな時代生きてんの？」

さらに友達たちは笑い転げた。

「江戸時代の職人か、おまえは」

「この子はねー、未《いま》だに『矢切の渡し』の世界を、地で行ってんのよ」

だが、このときばかりはまりえも、何故《なぜ》か一緒になって笑えなかった。

昔、『サタデー・ナイト・フィーバー』と言う映画をテレビでやっていた。子どものころに見て、すごく面白かった。華麗な映像に興奮した。

でも、ただ面白かっただけではない。その映画の世界の中には、よく分からないながらも、まりえの子供心をじわりと打つ何かが潜んでいた。

大学入学後すぐの頃に、気になってレンタルＤＶＤを借り、もう一度見てみた。

ニューヨークの下町・ブルックリンで、しがないペンキ屋の店員として暮らす主人公、イタリア系のトニー。彼には将来への大それた夢も、憧《あこが》れる職業もない。唯一《ゆいいつ》の楽しみは、毎日を出来るだけ愉快に過ごすことと、土曜の夜にディスコで踊ることだけだ。

しかし、ある女性と知り合い、彼は徐々に変化していく。ブルックリン橋を隔てただけの、川向こうにあるマンハッタン。トニーの町からもすぐそこに見える。彼女はそこで暮らしている。イーストリバーのこちら側と向こう側では、生活様式、年収、人間関係のあり方、趣味、会話の内容……もう、同じ英語を喋っているというのに、何から何まで違う。

その文化的、経済的な格差。彼はうっすらと自分の置かれている社会的な立ち位置に気づき始める。どう頑張っても越えられそうにない壁がある。生まれた世界そのままに、何も知らない、知ろうともしなかった自分を意識し始める。

そんな映画だ。

トニーがその生まれた世界から離れるか離れないかは明示されないまま、映画は終わる。

「……」

大学では、教職課程も取っていた。

その授業の中の教育基礎概論で、ある教授が言っていた。

「問題なのは、単に学歴、ということではないのです。大学入学までに、受験戦争に勝つための勉強だけしかしてこなかった者と、勉強しながらもいろんな趣味——例えば音楽を聞き、本を読み、いろんな国や土地柄を見たりして、大きく言えば人生のことなどを考え模索してきた知的背景を持つ者には、すでに入学時点で、表面的な学歴では同じでも、その内面の成熟度において目に見えない大きな差があるということです」

知的背景を持つ者。持たない者——。

妙にひっかかる言葉だった。

あたしはどっちだろう、と思った。高校時代も、勉強ばかりしていたわけではなかった。家業の手伝いもよくやっていたと思うし、部活動も剣道をやっていた。けれど、じゃあ自分は、人生や死や、そういう形而上《けいじじよう》的な思索をぼんやりとでも意識して考えてきたかというと、はなはだ心もとなかった。

教授の話はさらに続いた。

「そしてその差は、たとえば大学生活を過ごしていく時点で、さらに広がっていきます。何故ならば、人は思索的に同じ傾向や深さを共有できる人間と付き合う傾向にあるからです。ですから、それなりにいろんなことを考えてきた人はやはりそれなりに考えてきた人と、受験勉強しかしてこなかった学生は必然的に同じような人間と付き合うようになります。そこで問題なのは、前者ではないのです。知的背景のある前者は、放っておいても自分たちを刺激し合い、結果的にその人間としてのトータルな知的レベルをさらに磨き上げていく。しかし後者のほうは、深い意味においてコミュニケーション能力、問題意識を持つ能力が乏しいですから、一見群れているように見えて、実は人的交流の意味では、この大事な四年間に、ただ単に合コンをし、酒を飲み、ファッションや享楽《きょうらく》的な趣味を覚える以外は、何ら大事なことを学べない、という危険性があります」

まりえは、ますます不安になった。

「そもそも知的背景のある者であれば、その大学を選ぶ時点で、自分は何を学びたいのか、何に興味があるのかという、ある程度の明確な方向性まで培《つちか》ってきています。だから偏差値だけではなく、その希望する学部の充実度によって大学を選んできている。しかし後者は、単に偏差値だけで大学と学部を選ぶ傾向が強い。そうなると人的な交流だけでなく、せっかくのこの大学生活の四年間においても興味のない学問を強いられることになり、自分を刺激される機会が非常に少ない……結果、多くの場合、大学を出る頃には、もうその両者における知的背景の差は、絶望的なまでに広がっていることが多いのです。この十八歳から二十二歳という最も感受性と理解力の発達する時期に、自分なりの価値観や感受性——知的背景を上手く育てられていない。だから就職の際の判断能力も、大企業というだけで、安心というだけで、そこへの就職を熱望する。実際、卒業するほとんどの学生がそうです。銀行、自動車メーカー、IT……とにかく大企業であれば、どこでもいい。採用する企業担当者からしてみれば、業種や仕事という概念を舐《な》め切った志望動機です。だから、いくら高学歴のパスポートを持っていてもことごとく落とされる。この不景気ではなおさらです。よしんば入社できたにしても、仕事に熱意も持てず、組織不適応に苦しみ、転職を繰り返す若者を作り出している。それが、この本学に限らず、詰め込み教育以外には知的資本ということを教えてこなかった日本の教育システムの現状なのです」

知的背景……。

今思い出してみると、あたしはあの頃、何のために法学部を選んだんだろう。卒業後の出だしから、そもそも学部とは何の関係もない仕事ばかりをしている。最初の就職は、ノリのようなものだった。

入学後一年ぐらいしてから、まりえはバイトを始めた。同じ学部生からの紹介だった。

「私のおじさんが小さな編プロやってってさ、ちょうど今、人手が足りないらしいんだよね」

編プロ？

編集プロダクションのことだった。美容系のページを、いろんな女性誌の版元から請け負って作っているらしい。

「……」

本格的にバイトをしようと思ったのは、学費以外の部分では、なるべく親の世話になりたくなかったからだ。友人との付き合いにも、サークルのイベントにも意外に金がかかる。しかし、鉄工所の経営状態や、下に続く妹たちの学費のことを考えると、とてもこれ以上親からお金を貰《もら》う気にはなれなかった。

その編プロでバイトをすることに決めた。社長も含めて社員が三人の小所帯。そこで、アシスタントとして仕事を始めた。

面白かった。撮影、モデルやカメラマンの手配。打ち合わせ場所やスタジオスケジュールの調整。締め切りに追われる日々。スリルと刺激。ついつい本業の学生生活よりのめり込み、事務所のソファで泊り込みになることもしばしばだった。

挙句、学生としての本分がついおろそかになり、一年留年した。

時代は相変わらずの就職氷河期だった。まりえも就職活動にはかなり苦戦した。留年しているのだからなおさらだと、自分でも思っていた。

そんなおり、編プロの社長から提案があった。

「あのさ、よかったら卒業後もおれたちと働かない?」

束の間考えたが、それでもいいか、と思った。バイト代も良かったし、この社長にはずいぶんと世話になってきている。即答しないと悪いような気がした。それに、これもまた何かの巡り合わせだ。

どこかで妥協しているのは分かっていた。自分にはそういう気の弱い部分が意外にある。そして、それまで仲良くなった人の繋《つな》がりで動こうとする傾向も……。

結局は卒業後、同じ編プロで正社員として働き始めた。給料も上がった。

アシスタント業務ではなく、正式なライターとしての採用だった。

が、これが傍から見ているのと実際にやるのとでは大違いだった。同じ締め切りに追われる状態でも、周辺業務を手伝うというストレスより、文章を書くという、いわば無から何かを作り出すストレスがこんなにもきついものだとは想像もしていなかった。

それでもまりえは踏ん張った。踏ん張らざるを得なかった。ここで音《ね》を上げたら、四年もアシスタントをしてきて、実際のライター業務のいったい何を見てきたんだと周りから笑われそうだった。

ひとつには、自分への要求が高かったこともある。あたしは新人でも、バイトからのキャリアを考えればすでに新人ではない。だから、クオリティの高いものを書かなくてはならない。

締め切りの前になると、いつも事務所に泊り込みの日々が続いた。時間に追われパソコンの白い画面を睨《にら》みつける日々。思うようにいかないコピーライティングからすぐに近眼になった。円形脱毛症になり、胃がキリキリと痛んだ。運動不足も重なり、ますます太っていった。慢性的な不眠症にもなった。挙句、精神安定剤を飲むようになった。

結局は、二年でギブアップした。

ふう。

結局、あたしはいつも見通しが甘い。腰が据わっていない。

この編集プロダクションだけではない。次に勤めたベンチャー系の不動産会社も、いわゆるストレスのかからない楽な事務職をやりたくて入ったのだが、結局は仕事があまりにもつまらなくて、すぐに辞めた。

やはり馴染《なじ》みのある美容業界にもう一度就職しようと思って、今の会社を選んだ。六年間勤めて、ようやくそれなりのポジションが確立し始めたと思ったら、今度は会社事情により、この始末だ。

安易な選択なのか。というより、その選択の明確な基準が、いつもあたしの中にはないように思える。

知的背景……その不在。

そんなことを思いながら、まりえは駅を出た。

あんな面接を受けた後だから、気分は複雑だ。すぐにでも家に帰りたかった。

でも、今日はその足で北にある亀戸駅方面に向った。約束があった。

先週のことだ。エミが離婚して、その慰め会のようなものをやるからと、数年ぶりにケンジから連絡があったのだ。

「忙しいとは思うけど、まりえもなんとか顔だけでも出してくんねーかな」

考えてみれば、今もみんな歩いていける距離に住んでいる。なのに、高校に進んで以降は、滅多に顔を合わせなくなっていた。

いや……まりえが行かなくなったのだ。

みんなは相変わらず何かあるたびに集まっていた。まりえは両国高校に進んで以来、模試や受験勉強にも忙しく、次第に集まりに顔を出さなくなっていた。さらに大学入学以降から社会人となるにつれ、川向こうの生活にも馴染み、さらに疎遠になっていた。

社会に漂う浮き草のようになってきているばかりか、どんどんその本来の立ち位置さえも失いかけているあたし……。

亀戸駅の南側にある居酒屋に着いたのは、八時を少し廻ったころだった。美容業界の夜は遅い。まりえとしては、これでも可能な限り早く事務作業を処理して、会社を出てきたのだ。

ケンジの姓「ホンマ」という名前を出すと、すぐに奥にある個室に案内された。引き戸を開けると、一斉に見覚えのある顔がこちらを向いた。

「よー、まりえ、ようやく来たなー」

ケンジがそう言うと、

「まりえ、ホント久しぶりー」

ケーちゃんがそう笑い、

「おせーじゃねえかよ、まりえ」

と、ヒデ坊も苦笑する。

肝心のエミは、こちらをみて少し笑っただけだった。聞いていた通り、元気がない。聞いたことがある。離婚は結婚の百倍は大変で、心にも相当の傷を負うという。ましてやエミの場合、トラック運転手の元旦那《だんな》が、競艇や競輪に狂って三千万以上の借金を作り、家に生活費を入れることもほとんどなかったというから、なおさらだ。結局、離婚後の慰謝料や二人の子どもの養育費も諦《あきら》め、着の身着のまま同然で、子どもを引き連れて実家の理髪店に戻ってきたらしい。

「ま、ほら、ここに座れよ」

ケンジがそう言って、エミの横に座っていた自分の席を空ける。ピッチャーに入っていたビールを、ケーちゃんが注いでくれる。

「とりあえず、お疲れー」

「かんぱーい」

「しかし、エミ、大変だったよなあ」

しみじみとケンジが繰り返す。

もう一度エミは口元だけで笑う。

「でも、身から出た錆《さび》だよ。やっぱりあたしのせい」

えーっ、とケーちゃんが不満の声を上げる。

「それにしたって元旦那って、あんまりじゃん。ひど過ぎるよ」

そうだよ、とヒデ坊も相槌《あいづち》を打つ。「子どもが二人もいるんだから、離婚したからって、最低でもその子どもに養育費を払う義務はあるわけだしさ」

しかし、エミはもう一度少し笑って、口を開いた。

「でも、そのお金がどこにもないんだし。借金しかないし」

今度は、みんな黙った。

さらにエミは言葉を続けた。

「あたしも今はもう、あいつは最低だったと思っている。でも、そんな馬鹿男《ばかおとこ》に惚《ほ》れて、親の反対を押し切ってまで結婚したんだから、こんなふうになった原因はあたしにもある。やっぱり、身から出た錆だよ。借金しょわされなかっただけでも、まだましだったと思わなきゃ」

そう、とまりえも感じる。

成人した後に、自分の人間関係で起こったトラブルは、やはり自分のせいなのだ。

そしてこの子は、その責任を誰のせいにもせず、自分なりに引き受けようとしている。

エミさ、とつい口を開いた。

「そこまで分かっていれば、エミ、これからは大丈夫だよ」

するとエミは、今度はまりえにちらりと歯を見せて笑った。

「だと、いいけど」

「だいじょうぶ」まりえは繰り返した。「たしかにエミにも責任はある。でもそれさえ分かっていれば、二度と同じような失敗はしないよ」

ケンジもヒデ坊も笑った。

「よ、さすがおれたちのご意見番」

「じゃ、あらためて飲みなおそうぜ」

場はそれから若干陽気になった。少しずつ昔の思い出話が出て、話も弾み出した。

ふと気づく。

そう言えば、この五人の中で一度も結婚したことがないのはまりえだけだ。ケーちゃんとケンジは相変わらず上手く行っているようだが、ヒデ坊も三年前に離婚した。原因は奥さんの浮気。スーパーでバイトをしていたとき、そこの店長と出来てしまったらしい。ヒデ坊はそのとき、ひどく怒り狂っていた。

でもそれぞれに、仕事はちゃんと持っている。

ケンジは実家の金物屋を継ぎ、ヒデ坊は実家の肉屋が廃業した二十五歳から、不動産の仲介会社に勤めている。ケーちゃんはまだ子どもがいないので、今も高校卒業のときから勤めている段ボール製造会社で事務職をしている。エミだって、パートだが弁当屋で仕事を続けている。おそらくは今後も続けていくだろう。

結婚も一度もしたことがなく、仕事も宙ぶらりんになっているのは、まりえだけだ。挙句、地元との縁もこの五人の中では一番薄くなっている。

私は、こんな思いをするために、苦労して大学を卒業したのか……。

飲み会は十一時ごろに終わった。

店の前で別れ、帰り道は途中まで、ヒデ坊と同じになった。

「まりえさ、なんか昔と違って、元気なくない？」

しばらく無言だったあと、不意にヒデ坊が言った。

一瞬迷ったが、うん、と答えた。

「実は今、まりえはさ、辞めないかって会社から言われてるんだよね」

「え？」

「だから、クビってこと」

「マジ?」

まりえはうなずいた。

「だってさ、まりえ、コフレ入ってからは、とんとん拍子に仕事が上手く行ってるような噂《うわさ》、お袋から聞いてたけど……」

事実、そうだ。

すでにそのスピード出世は、契約社員としてコフレに採用されたときから、ある程度は約束されていたのだ。

面接のときにも言われた。

「おお、早稲田の法学部かあ。凄《すご》いねえ、きみ」

本社スタッフとしての正社員採用枠ならともかく、美容部員の契約社員枠を希望して応募してくるには、珍しい学歴だということらしい。

なんとなく、そのときも軽い屈辱のようなものを感じた。だが、その気分は一瞬で過ぎた。

私は、やっぱり人をサポートして、喜ばれるような仕事をしたい。しかも時間が経ってからではなく、自分のサポートによって、相手にすぐに笑顔になってもらえるような仕事が向いている。だから、あの編プロのときのアシスタント役は性分に合っていたのだ。しかも美容業界についての商品知識とトレンドは、前職の経験で充分に分かっている。相変わらず興味もあるし、好きでもある。

そのことを面接官に伝えた。

ふむ、と居並ぶ面接官たちはみんな、非常に満足したような表情を浮かべていた。

それだけではなく、

「ま、正式な連絡は後日行くけど、君はもう、採用ね」

と、その場で非公式ながらも即決採用だった。

初配属先の新宿ルミネ店でもそうだ。教育係として、ベテランの美容部員を付けられた。非常に優秀で、物腰もこなれていて、馬が合うオバサンだった。まりえはその指導の成果もあり、新人にも拘《かか》わらず、みるみる店舗内での売り上げを伸ばしていった。

一年と半年ほどが経ったある日、エリアマネージャーが来て、駅ビル内の喫茶店に呼び出された。来年の正社員登用試験を是非受けるようにと言われた。

「だいじょうぶ、あんたなら必ず受かるから。というか、受かるようにする」

そう言って彼女は軽く笑い、まりえの肩を叩《たた》いた。なんだか、謎《なぞ》をかけられたような気分だった。

その半年後、正社員になったとたんに、池袋サンシャインシティ店の店長にも同時昇格した。その店のスタッフは、全員が彼女より先輩、つまりは社歴が上だった。中にはもう七年も勤めている契約社員もいた。あまりの順調ぶりに、まりえは自分でも呆然とした。なにか、自分の目の届かないところで、社内的な大きな力が働いているような気がした。

驚きは続いた。

さらにその二年後には、今度はエリアマネージャーに昇進するよう、人事発令があった。

「どうして、わたしなんですか？」

人事部長室に呼ばれたときに、思わずまりえはそう聞いた。人事部長は笑って口を開いた。

「何か不満でもあるのかね？」

「いえ、そういうわけじゃないですけど……」

まりえは口ごもった。実際、不満などあるはずもない。しかし正社員になってからわずか二年後にエリアマネージャーになるなどということが社内でも前代未聞だということは、まりえもなんとなく知っていた。

あのさ、と部長は気軽に話しかけてきた。

「君が多少尻込みする気持ちも分かる。けどね、現場から叩き上げで伸びてきた優秀な社員で、しかも学歴も揃っている子ってのは、中々いないんだよ」

「……」

「君だって、もう三十一でしょ。確かに入社の時期は遅いが、社会的にはもうそんなポジションに付いている人は同年代にいくらでもいる。いいんじゃないかな、なっても」

つまり、と思った。予感が、確信めいたものに変った。

たぶん会社側としては最初から、実際に勤め始めて使い物になることが確認できれば、あたしにこういうコースを敷くことも考えていたのだ。

が、さらにそれから二年後の現在、事態は急転した。

そのときの人事部長も、もう本部にはいない。合併した直後、ワコウの子会社である物流配送センターの所長代理というポストに左遷《させん》された。営業統括部長も財務部長も似たような境遇の異動になった。部長クラスだけではなく、本社スタッフの人間でワコウの本社機能と重なる部署の人間も、相当数整理された。

それからしばらくして、まりえたちへの早期退職制度の勧告が来た。

そこまでを簡単に要約して、まりえはヒデ坊に伝えた。

「じゃあ、その『ワコウ』としてはもう、まりえのことは要らないってこと？」

まりえはうなずいた。

「最前線の美容部員ならともかく、まりえみたいな営業指揮系統の人間は、あちらにもいっぱいいるからね」

「でもさ、それっていくら会社の都合つっても、期待させるだけ期待させておいて、思いっきり梯子《はしご》を外された気分じゃん」

まりえはつい笑った。

梯子を外された気分。言いえて妙だ。

「で、どうすんの？」

まあ、とまりえはあやふやなことを言った。「一応、まりえはこれで三社目だから、別に辞めるのは馴れているけどね」

するとヒデ坊は、やや憤然とした。

「馴れているとか馴れてないとか、そういう問題じゃないよ。だいたいまりえ、一年ぐらい前に言ってたじゃん。『ようやく腰を据えて働く仕事が見つかった』って。『いろんなこともあるけど、嬉《うれ》しい』って」

「……」

確かにそうだ。

今の仕事は、自分にとても合っていると思う。元々人の世話を焼くのが性分だったからこそ、近所の子どもの中でも女だてらにガキ大将だったのだし、編プロ時代のアシスタント業務も楽しかった。美容部員のときも、お客さんに合うそれぞれのメイクの仕方を教え、それを実際に化粧して見せ、お客さんの喜ぶ顔を見るのが大好きだった。

店長時代や、今の仕事にしてもそうだ。エリア内に散らばる美容部員たちの精神状態を、いつも気にかけている。スタッフたちに悩みがありそうなときには——店舗内の人間関係や、売り上げの落ち込みや、シフトの不公平、時には失恋がらみのことまで——どんなに忙しくても常に相談に乗り、なんとか解決策を見出《みいだ》してきた。彼女たちの嬉しがる顔を見るのが、まりえ自身の喜びだった。

もちろんまりえにも嫌なことはあった。

「わざわざ早稲田の法学部まで出て、なんで美容部員なわけ？」

新人時代に、そんな皮肉を先輩から言われたこともある。

正直言って、むっときた。

なんだそれ？

そんなの、まりえの勝手じゃないか。

勉強が出来たら、学歴があったら美容部員になっちゃいけないなんて、いったい誰が決めたんだ。

負けるもんかと思い、さらに仕事を頑張った。しかし、この学歴の逆差別は意外にしつこかった。

入社三年目で、正社員登用と同時に店長に昇格したときも、

（やっぱり学歴が立派だから、会社も優遇するんだよなあ）

と、現場のみんなから思われているのは、充分過ぎるほどに分かっていた。

違うだろ。

まりえはそう叫びたかった。

確かにそれもあるかもしれないけど、それ以上に、あたしは仕事の実力を評価されたんだ。みんな、分からないのか。

それを示すために、さらに仕事に打ち込んだ。店長として、部下たちのフォローアップにもいっそう力を入れた。

実際、サンシャインシティ店の店長時代には、自分の店舗に蔓延《はびこ》っていた出鱈目《でたらめ》な

シフト勤務の超過分を、すべて休出扱いとして手当を出させるように、人事部長に強引に捻《ね》じ込んだこともある。最終的には裁判沙汰《さいばんざた》にしてもいいんだとまで脅し上げ、わが身の立場を賭《か》けて、スタッフ全員の超過勤務分の全額を、会社から吐き出させた。

やった、と思った。

まりえはその結果が出た翌日、全員が先輩である店の部下たちを、改めて見回した。どうだ。

これでもまだ、あたしのことをとやかく言うことができるか。

案の定だった。それ以来、まりえを学歴の色眼鏡で見る部下たちはいなくなった。

「……」

以前のそんな出来事を思い出し、自分でも知らぬ間に、つい微笑《ほほえ》んでいた。

「まりえ、なんで笑ってんだ」

ヒデ坊が不思議そうにまりえの顔を覗《のぞ》き込んできた。

「別に。なんでもない」

が、まりえのその何気ない言葉を、ヒデ坊は諦めの意思表示だと勘違いしたようだ。

「とにかくさ、そんなの会社の勝手なんだから、素直に従うことなんかないよ」

「かも知れない」

ヒデ坊はせかせかとポケットから携帯を取り出した。スマートフォン全盛のこの時代に、相変わらずの旧式なフォーマの二つ折り……そのスケジュール画面を見たあと、ふたたび顔を上げた。

「今日はもう遅いからアレだけど、まりえ、来週のどこかでもう一回会おうぜ」

「なんで?」

「こういう大事なことは、もう一回、ようく考えてから結論を出したほうがいい。おれもさ、まりえの身になって考えてみるから、それまでは辞めるって言う話は、なしな」

まりえは思わずじんわりとくる。

男としてではない。男として好きになることはこれからもないし、相変わらず垢抜《あかぬ》けないけど、このヒデ坊はそれ以上に、本当にいい奴《やつ》だ……。

そこまで思い、不意に自分の勝手な思い込みにおかしくなる。

むろんヒデ坊のほうも、あたしに対してなんか、そんな男女の感情などは露ほども抱いてないだろう。

「おれ、来週の木曜の夜なら空いているけど、まりえはどうよ?」

「大丈夫だよ」

まりえは自分のスケジュールも確認せずに即答した。

だってそうだろ、と自分でも思う。

ここまであたしのことに親身になってくれる人間は、会社の今の状況では、誰一人思い浮かばない。同じ立場の人間は、みんな自分の心配だけで精一杯だし、部下に相談するつもりもない。

だったら、どうせ辞めるかもしれない身だ。会社でどんな用事があろうとも、そんなものは蹴《け》っ飛ばして、またヒデ坊に会おう。

4

翌週の火曜。二次面接が始まった。

今、真介の目の前に滝川まりえが座っている。一度目と同じように落ち着いた態度で、ミルクと砂糖のたっぷりと入ったコーヒーを飲んでいる。

「それで滝川さん、いかがでしょう——」

と真介はしばらくして口火を切った。

「あれから一週間ほどが経《た》ちましたが、どちらにするかご決断はつきましたか」

いえ、と滝川は首を振った。「まだです」

「そうですか」

「ですが、最終の面接までには、どちらかには決めてきますので」

そのきっぱりとした言い方。真介は感じる。

目の前の彼女のこれまでの履歴を考えれば、留まるか退くかどちらになるにせよ、確かにきっちりと結論を出してくるだろう。ならば、ここで真介のような立場の人間が結論を急《せ》いてごちゃごちゃと言うより、彼女自身が充分に納得して結論を出したほうが、会社にとっても彼女にとっても、はるかにいいことだと思う。

「そうですか」

もう一度同じ言葉を、今度は好意を込めて繰り返した。

すると相手はまじまじと真介を見てきた。

「なんでしょう？」

「私から、質問させていただいてもいいですか」

どうぞ、と真介はうなずいた。「前回の私の説明で、さらに聞きたいことがおありなら、遠慮なく」

「いえ、そうではないです」言いつつも、少し滝川は笑った。「チテキハイケイ……

この言葉、ご存知ですか？」

ん？

チテキハイケイ？？

真介は戸惑う。

被面接者に、こんなことを聞かれたのは初めてだ。チテキハイケイ……いったい何だろう？　この下町生まれの高学歴の女は、いったい何を言おうとしているのか。

そう思った瞬間に気づいた。ひょっとして、知的背景と言う意味か？

「その人における知的な、バックグラウンドということですか？」

果たして、

「そうです」と、彼女はうなずいた。「学歴はもちろん、育った土地柄の文化的なものも含めた民度、家庭内でのごく自然な文化的環境……そういう意味です」

それでも相手が何を言い出したいのかは皆目見当もつかなかったので、とりあえず、はい、とうなずいた。

滝川はさらに言葉を続けてきた。

「ええと、村上さんでしたよね」

「はい、そうです」

「いきなり失礼な質問になるかと思いますが、村上さん、あなた御自身は、そういうものが一般的に多い環境で育ってきたと、御自分では思われますか？」

自分でも知らぬうちに、思わず笑っていた。

「まあ、世間的には学歴はそこそこだと言われますが、知的背景と言う意味では、ひどく縁遠いところで生まれ、育ってきたような気がします」

笑いついでに、つい付け足した。

「また、自分でもそういう環境を選んできたような気もします」

すると滝川はまた聞いてきた。

「さらに不躾《ぶしつけ》な質問になるかもしれないですが、より具体的に教えていただいてもいいですか」

「私の履歴を、ですか？」

「はい。出来れば」

一瞬迷ったが、こちらはこの滝川の経歴をかなり具体的な部分まで知っている。そんな相手から自分の履歴を問われて答えないのは、ある種のルール違反だろうという感覚もあった。何故《なぜ》なら、自分が今やっている仕事は、相手の人生を変えるかも知れない仕事だからだ。そういう極限の意味で、人対人の業務でもある。

だから、答えた。

「北海道のオホーツク海に面した『足払《あしふっ》』という集落で生まれ、十八までそこで育ちました。以前は炭鉱で栄えていた町ですが、私が生まれた頃には、個人スーパーが一軒あるだけの寒村でした。集落には廃屋が目立ち、美術館はおろか、本屋も図書館も、駅さえも廃線になってありません。ＦＭも入りません。テレビは、ＮＨＫと地元の民放がひとつ映るだけです」

滝川はうなずく。さらに真介は言葉を続けた。

「ようするに、文化的な地場からは程遠い生い立ちです。私自身も十六の時からバイクに夢中になり、密《ひそ》かにプロライダーになることを目指していました。首都圏に出てくるための足がかりとして、あとはプロライダーになれなかった時の保険として、大学には進学しました。授業料も、住居費も安くすむ土地にあった某国立です。有名なサーキット場も近かったですしね。勉強はほとんどせず、二十五歳まで草レースに出続けていました。プロへの道を諦めて勤め人になりますが、最初の会社は二年で辞め、現在に至ります。ここではもう、八年ほど仕事をしています」

そこでようやく、一息ついた。

「こんなところで、よろしいでしょうか」

滝川ははっきりとうなずいた。そして言った。

「そういう生まれや、その生まれからきた……あの、すみません……言い方は失礼になりますが、そういう知的背景の薄い感覚が、時として周囲への引け目になることはありませんか」

言われて、びっくりした。

そんな感覚は夢にも覚えたことがなかったからだ。だから逆に質問した。

「何故、引け目を感じるのです？」

これには滝川も驚いたようだ。

真介は、すぐに自分の立場の位置付けを間違ったことに気づいた。

「すいません。質問に答えるのは、私のほうでしたね」

「いえ――」

「私は、引け目を感じたことはないようです」

一瞬間を置いて、また質問が飛んできた。

「どうしてでしょう？」

これに対する真介の答えも、また遅れた。

そんなこと、当然考えたこともない。

しばらく思案した挙句、答えになっているかいないか分からないような文脈を口にした。

「それはまあ、たとえば世田谷や田園調布あたりの高級住宅地に生まれ、幼い頃からピアノや英会話を習い、中学から私立のエスカレーター式の進学校に入り、学費の心配もせずに大学生活を謳歌《おうか》し、大企業に新卒で就職する……そんな人生もあるでしょうね。ごく自然に身についた教養は、実社会でも何かにつけて尊敬を得られるし、自然、そういう人間同士では話も合う。だから、いわゆる社会のエリート層と呼ばれる友人知人も多くなるし、万が一の時は実家に戻れば、家賃の心配をしないで暮らしていける環境でもある」

「……はい」

「でも、そうでない人生だって、あっていいのではありませんか」

「と、言いますと？」

真介はますます困った。

またしてもなんとなくそう思っているだけで、それ以上は深く考えてこなかった問いかけだ。それでもなんとか言葉を続けた。

「……つまりですね、みんながみんな同じような環境で育ったら、逆にこの社会は気持ち悪いことになるような気もしますしね。雑多性というか多様性というか、そういうものを欠いた、どこを向いても同じ表情の奇妙な世界になるような気がします。新卒もあっていいし、中途入社もあっていい、大学卒も高卒もあっていい。寒村生まれも、都会育ちもあっていい。逆に言えば、それでこそ面白い社会ではないかと。そんなカオスの中から、何か新しいものが生まれてくる可能性もある。自分とはまったく違う色んな人との出会いがあるから、大変なことがある反面、意外な楽しさもあるのでは、と……」

そこまで思いつくままに言葉を継いで、ふと自分が情けなくなる。

「すいません。ますます何を言いたいか、分からなくなりましたね」

が、何故か滝川は明るく笑った。

「いえ。分かりました」

そう、きっぱりと言った。

「少なくとも、今の私にとっては充分です」

それから十分後、滝川は部屋を出て行った。

真介はしばらくぼんやりとしていた。

川田美代子は、滝川の飲み干したコーヒーカップを片付けている。

あのさ、と、ふと気づいて真介は話しかけた。

「なんかここ二、三年、ああいう感じの逆質問があること、多くない？」

ゴミ箱から川田がゆっくりと身を起こす。

「ああいう感じって、なんですか？」

「だからさ、妙に抽象的で、人生について、みたいな逆質問が多いってこと」真介は答えた。

「こんな不景気続きの時代だし、転職を考える時にはみんな、昔よりいっそうシビアに自分を精査するようになってきてるんじゃないのかな。それをきっかけに、より深く自分を掘り下げていくというか……問いかけに、ちょっと歯が立たない事が多い」

んー、と川田は束《つか》の間《ま》小さく唸《うな》った。

「でもそれって、どっちにとっても悪いことじゃないですよねえ」

ん？

「どっちにとっても、って何」

だからー、と川田は言葉を続けた。「そんなこと、聞く気にもなれない面接官より、聞く気になる相手のほうが、いいじゃないですか」

驚いた。思わぬ視点の変換だった。つい笑い、おどけて言った。

「あれ。おれ、ひょっとして褒められてる?」

川田は白い歯を見せた。

「まあ、そうですよぅ」

真介はまた笑った。

なるほど。

まあ、なんだ。でも、それでもいいや——。

『まあ』あるいは、『まあまあ』……。

これって、意外と大事な言葉かもしれない。大事な感覚かもしれない。

5

木曜日が来た。

まりえは早めに仕事を切り上げ、帰りの電車に乗った。いつものように都営新宿線を大島で降りたあと、亀戸駅方面に向った。

ヒデ坊とは、この前の居酒屋で待ち合わせだった。

店内に入ると、すでにヒデ坊は来ていた。カウンターにぽつんと座り、ビールを傾けているところだった。

「待った？」

横に座りながら、まりえは話しかけた。

「いや、おれも五分ほど前に来たところ」ヒデ坊は笑って答えた。「で、どうする？　とりあえずビールでいいか？　あと適当におつまみと」

「いいよ。好きなもので」

ヒデ坊が厨房《ちゅうぼう》の中に向って注文をする。

ビールはすぐに来た。お互いに軽く乾杯をしたあと、何故か同時に溜息《ためいき》をついた。

ついまりえは笑った。

「まりえのほうだけなら分かるけど、なんでヒデ坊まで溜息つくわけ？」

いやさ、とヒデ坊はタバコに火をつけながら答えた。

「この前さ、おれ、辞めないほうがいいみたいなニュアンスで、モノ言ってたよね」

確かにそうだった。まりえは軽くうなずいた。

するとヒデ坊はもう一度小さく溜息をついた。

「でもさ、後々よく考えてみたら、おれが言うなよって」

「なんで?」

「だってさ、おれ、社会人になってから全うしたものなんて、何もないんだぜ」ヒデ坊は苦笑した。「肉屋だって跡継ぎ修業の途中で店を畳むことになったし、今の仕事だって納得してやってるかっていうと、そうでもない。プライベートはなおさらひどい。キャバクラで知り合った女と結婚した挙句、浮気されてパー……でさ、考えたんだけど——」

ちょっ、と慌《あわ》ててまりえは言った。「ちょっと待ってよ。あたしだってそれは似たようなもんだよ。そんなこと言ってたら、お互いに何も言えなくなっちゃうじゃないよ」

「違うんだ」ヒデ坊は首を振った。「おれが言いたいのはそういうことじゃなくて、たぶん今まりえが想像していることとも違う」

「はい?」

「だから、そのあとのこと。でさ、肉屋が潰《つぶ》れた時も、すごく悔しいし残念だったけど、でも心のどこかでは、ほっとしてたんだよね。おれ」

「……」

「ああ、今の時代、こんな小さな個人商店がいつまでも持つわけないよな。今月も赤字だな……そんなこと、よく考えていた。むしろ今の仕事に就いたときは、ほっとした。だからどこかで納得してなくても、今も続いてるんだと思う」

思い出す。まりえたちの遊び場でもあった、裏通りのこぢんまりとした商店街。でも中学に上がるころから、ぽつんぽつんと閉店する店が多くなった。まりえが大学に入った頃には、すっかり閑散として、半ばシャッター通りになっていた。地域共同体としての町内の機能も、ほとんど失われつつあった。

ヒデ坊は、静かに言葉を続ける。

「結婚だってそうさ。見てくれに惚れて結婚して、でもやっぱ性格の違いとかあって、経済観念とかも大きくかけ離れててさ。よくケンカするようになって、正直、一緒にいる時間が次第に苦痛でたまらなくなった」

まりえはなおも半ばあっけに取られて聞き入った。ここまで詳しい心情の吐露は、初めて聞く話だった。

「だからさ、浮気が分かって離婚した時には、もう近所の人間にも恥ずかしくて合わせる顔がなくて、心底あいつに腹が立っていたけど、今こうして思い出すと、まあ、先々どちらかがそうなっていたよな、って。浮気して、それが本気になって家を出て行ったよな、って。たまたまあいつのほうが先だっただけで、おれがいつそうなっていても不思議じゃなかった」

　ふと気づく。

　ヒデ坊が握ったままのビールのジョッキが、早くも汗をかき始めている。

「もっと言う。おれ、肉屋閉めたときと同じで、あいつがいなくなった時も、心底ほっとした……こんな考え方、世間的には後ろ向きだし、どうかとも自分では思うけど、それでもやっぱりそう思ったんだ」

　ジョッキの表面から、いくつもの水滴がじわりと盛り上がり、下に向って流れ始める。

「で、先週会った後、おれはおれなりに色んなこと考えたんだよね。おれの今ってさ、他人や世間が見ていいと思えるような生き方とは、たぶん違っている。勤め人より自営業のほうが、仕事に遣《や》り甲斐《がい》があっていいでしょ。自己責任だけどプライド持てるでしょ。離婚するよりしなかったほうが、断然いいでしょ――たぶん他の人から見ればそういう感じは、あると思うね。ああ、ヒデ坊は家業継ぐの諦めて、そのうえ浮気されて離婚して、気の毒だよねえ……確かに世間は、そういう見方をするだろうね。でもさ、おれ自身は今の状態のほうが、まだいいと思うんだ。マシだと思うんだ」

　ヒデ坊ははっきりとそう言い切った。

「だって、おれの人生は、誰かのものでもないし、世間様のものでもない。だからと言って、この世の中に自分一人で生きてるなんて傲慢《ごうまん》なことは思っていない。周りの人間との繋《つな》がりがあってこそ、生かされてるんだっていう気持ちは持っている。いろんなことで感謝もしている。それでもさ、最終的には誰がその生き方の良し悪《あ》しや好き嫌いを決めるかっていったら、やっぱりおれしかいないんだよね。だって、おれの人生なんだから」

だからさ、とヒデ坊はさらに同じ前置きを連呼した。

「この前言った発言は、取り消すよ。おれはさ、あのとき、まりえの友達なのに、やっぱりどこか世間の尺度から発言してた。まりえが今どう思ってるかなんて考えもせず、単にそんなの会社の勝手だよって言ってるだけだった。普通、そういうのって辞めなくてもいいじゃん、て」

うん、とまりえはなんとなく相槌《あいづち》を打った。

「まりえがさ、ある程度まで悩んで考えて、それでも納得できないようなら、今の会社は辞めてもいいんじゃないかって。もちろん、今のまま残ることを想像したほうが安心するのなら、そうすればいい」

「うん」

「まりえ次第だよ」ヒデ坊は最後に言った。「だって、まりえの人生なんだから。これで転職したらもう四社目とか、そういう引け目を感じる必要もない。まりえが、よく考えて自分の心に従う決断をするのが、一番だと思う」

だよな、と自分でも思った。

ぼんやりと思っていることではあったが、ヒデ坊にまた、少し背中を押されたような気がした。

「はいっ、お待ちー」

そう厨房の中のスタッフが声を出し、まりえたちの前に枝豆と鶏《とり》の唐揚げがカウンター越しに差し出された。

まりえはつい笑った。

「よく考えたらまりえたち、まだ何も食べていないんだよね」

するとヒデ坊は照れたように頭を掻《か》いた。

「すまん。おれ、のっけから熱くなって、一人で喋《しゃべ》り過ぎた」

「しかも、本格的に食べる前から、もう結論は出ちゃったし」

「はは……おれ、ちょっと先走り過ぎ？」

ううん、とまりえは箸《はし》を割りながら言った。

「とりあえず、ありがとう。ヒデ坊」

するとヒデ坊は軽く顔をしかめた。

「なんだ。おれがこんだけ一所懸命に考えてきたのに、とりあえず、かよ」

「それで、いいんだよ」まりえも負けずに言い返した。「ヒデ坊とは、これからもずっと付き合っていくじゃん。だから、まだ『とりあえず』だよ」

おー、とヒデ坊は嬉しそうに唸る。「それって、おれらの縁は死ぬまで切れないってこと？」

「そ」

言いながら、まりえは大きめの鶏の唐揚げを一口で飲み込んだ。

「あんたとあたしが、男女の仲にならない限りはね」

するとヒデ坊は、うっ、と飲みかけたビールに咽《む》せかけた。

「そんなこと、あるわけねーだろっ」

「……はは」

二時間後、まりえは帰り道でヒデ坊と別れた。

「じゃ、またねー」

「おう」

そう軽く腕を振り、ヒデ坊は街灯の先にある、春の闇《やみ》の中へと消えていった。

ヒデ坊の背中が完全に闇に溶け込むまで、まりえは突っ立ったまま見送っていた。

それから踵《きびす》を返し、なんとなくいい気分のまま、歩き始める。

そうだよな――。

あたしの人生、まずはあたしが認めてやらないと。

世間的に正しいとか、そういう外面《そとづら》の価値ではなく、軽く包み込むように、認めてやらないと。

高校卒業以来、無意識に、いつもどこかで外との比較ばかりしていた。世界の差。環境の差。学歴の差。何が正解か。何が有効なのか。でももう、そういうのは止めよう。

不意に、あの一昨日《おととい》の言葉を思い出した。

「何故、引け目を感じるのです？」

あの面接官の言葉だ。明らかに驚き、不思議そうな声を上げていた。

ふふ。

そうだよな。引け目なんて感じる必要は、どこにもない。あたしにはあたしの世界がある。あたしなりの背景もある。

第一、そんなことを思ってたら、ヒデ坊たちにも失礼だ。

何故なら、あたしの世界は、あたしだけではなく、ここで生まれた友達や両親や、今ではシャッター通りになった商店街での楽しい思い出も込みで、成り立っているからだ。含まれているからだ。

そう。

あたしは、まりえは、包まれている――。

そういうことだ。

6

午後八時過ぎだった。

突然、デスクの上にある携帯が振動を始めた。スタッフたちはもう誰もいない。局長の陽子だけが一人で残業をしていた。

なんとなく予感はあった。

ためらわずに手に取る。やはり真介だ。

「陽子さ、今日、今からすぐに上がれる？」

開口一番、真介はそう言った。

一瞬ためらい、答える。

「まあ、なんとかなるけど……でも、なんで？」

「ほら、いつか言ってたじゃん。おれの住んでいるところで、陽子に見てもらいたいことがあるって」

ああ——。言われて思い出した。たしかこいつ、前にそんなこと言ってたなあ。

「でもあたし、明日の着替えとかないよ」

大丈夫、と真介は答えた。「見るもん見たら、そのあと一緒に飯食って、陽子を府中まで送っていくから」

「真介、泊まる？」

「いや。おれはそのまま帰る」

思い出す。あの時だけは真介、妙に真面目《まじめ》な表情だった。つまり、そこまでしてもあたしに見てもらいたいものがある……。

「分かった」陽子は即答した。「じゃあ、今から十分ほどで片付けて出る」

「駅で待ってる」

うん、と陽子も応じた。「たぶん九時にはならないと思う」

「駅に着く十分ぐらい前に、メールして」

「分かった」


言われたとおり、武蔵境《むさしさかい》駅に着く十分前にメールを入れた。すぐに返信が来た。

『今からクルマで、家を出る。たぶん五分くらいでロータリーに到着』

了解、とだけメールを返した。

武蔵境駅に着いた。北口のロータリーへと階段を下り、辺りを見回す。

いた。ロータリーの隅に、お椀《わん》を伏せたような形の、丸っこい銀色のクルマが停まっている。真介のコペンだ。

まだまだ夜は冷えるというのに、すでにルーフは全開だ。運転席から陽子に向かって手を振っている。馬鹿《ばか》は風邪を引かないと言うが、どうやら本当らしい。

「お疲れー」

そう言って、真介がクルマを降り立ち、陽子に手を差し出す。

「確かに、今日も疲れたわ」

陽子は笑いながら、ごく自然に自分のバッグを手渡した。

「陽子、そこのコンビニでさ――」真介は陽子のバッグをぶら提げたまま、軽く視線で示した。「ちょっと飲み物でも買っていこう」

「あ、賛成」

ちょうど喉《のど》が渇いていた。車中で飲みながら移動して、真介の言う何かを見て、それからどこかで夜ご飯と言うわけだ。

だが、すぐに歩き出そうとする真介を、陽子は慌てて止めた。

「ちょっと、屋根閉めなくていいの？」

いいのいいの、と真介は軽く言った。「持ち物は全部ポケット。ダッシュボードにも鍵《かぎ》はかかっている。今、ちょうどいいタイミングだし、すぐに戻るし」

「は？」

意味不明だ。何が、いいタイミングなのだ？

が、真介は構わず陽子の手を取り、どんどんコンビニに歩を進めていく。わけも分からぬまま、陽子は真介とともに店内に入った。レジを通り、奥の飲み物売場へと向う。

「陽子、ボス缶のブラックでいい？」

「いいよ」

真介は片手に二本の缶コーヒーを器用に摑《つか》み、すたすたとレジまで戻っていく。陽子も慌てて付いていく。

「ちょっと陽子、バッグ持ってて」

そう言ってバッグを陽子に手渡し、ジーンズの尻《しり》ポケットに手を突っ込んだ。財布を取り出す。が、真介はその開いた口から、ためらいも見せずに一万円札を引き出した。

え、小銭がないの？　でも真介は小銭入れを開けてみようともしなかった。

やっぱり何か、不自然だ。

すいません、と缶コーヒーをレジ台の上に置きながら、真介はその万札を差し出した。

「今、大きいのしかないんですけど、これで、いいですか!?」

そう、店員に話しかける。

すると相手の年配の店員は、にこやかに笑った。

「あ、いいですよー」

白髪頭の男性店員だ。たぶん五十代後半から六十前後。この年代の男は珍しいな、と感じる。

「まずは、四千円。それから五千円ですね」

その店員は、レジからまず四枚の千円札を、次に一枚の五千円札を出し、真介に手渡した。

「それから、七百六十円のお釣りです」

言いながら、レシートごと丁寧に真介に差し出す。

「どうもすみません。ありがとうございます」

真介がぺこりと頭を下げる。

いいえ、と初老の店員も、メタルフレームの眼鏡の奥から再び微笑み、丁寧に頭を下げた。「こちらこそ、どうもありがとうございましたーっ」

陽子はもう一度、その店員を見つめる。整髪料を付け、きっちりと七三に分けた髪型。頭を下げたときに分かった。その頭頂部が薄くなっている。

「……」

やはり、妙な違和感がある。

真介が、珍しく黙ったまま運転を続けている。

コペンは、ギアを三速のままで混み合う駅前の通りをゆっくりと抜け、さらに先の大通りに出た。四速に入れ、さらに南下するバイパスに入って、五速へとギアをアップする。

陽子はすでに、缶コーヒーを開け、二、三口飲んでいた。

「開けようか、真介のぶん？」

手に持ったもう一つの缶を持ち上げてみせる。

「いや……まだいいや」

そう言ったっきり、真介はまた黙った。その生真面目な横顔……陽子もなんとなく軽口を叩《たた》けずにいる。

しばらくして、真介が口を開いた。

「さっきの店員のオジさんさ――」

あ、と思う。やっぱり。

理由は分からないが、何故か真介が、あの人のことを言い出すだろうとは思っていた。

「おれ、二年前に見かけたことがあるんだ」

「そう」

「おれの担当じゃなかった」真介は運転しながらも、静かに言葉を続けた。「でも、おれの今いる会社が、クビを切った人間には違いない」

「……」

「東証一部上場の、あるメーカーの社員だった。その日、おれは午前中の面接が終わり、昼飯を食いに出ようと、廊下を歩いていた。するとさっきのオジさんが、向こうから歩いてきた」

前方の信号が黄色になる。

真介はギアダウンを繰り返しながら、ゆっくりと車速を落としていく。滑らかな減速。ギアを落とす度に、エンジンの回転数をギア比というものに合わせてやると、そうなるらしい……。

コペンは、交差点の手前で停まった。目の前の信号は、すでに赤だ。

「見るからに、面接を受けた後って感じだった。肩を落とし、エレベーターの前で待つ、おれのところまでトボトボ歩いて来て、止まった」

「……」

「おれたち二人は、来たエレベーターに一緒に乗り込んだ。あとは誰もいなかった。おれは一階のボタンを押しながら、『何階ですか？』って聞いた。あ、って小さく言って、さっきのオジさんは顔を上げた。目が、真っ赤だった。『大丈夫です』……そう言った。たぶん一階でいいっていう意味だったと思う。左手の薬指に、古そうなリングが嵌《はま》っていた」

信号は、まだ変らない。

でも、交差する道の歩行者用信号は、青の点滅に変った。

「おれは一階で降りたあと、つい気になって立ち止まったまま、その人を目で追った。その人は、ふらふらと自分の会社のエントランスを出て行った」

歩行者用信号が赤になる。交差する道の信号も、黄色になった。

「で、ちょうど一年前、今の店で偶然見かけた。最初顔を見た時は、どこかで見たことがあるな——そう思っただけだった。コンビニの夜の時間帯に、こんなオジさんが働いてて、珍しいな。そうも思った。でもレジで精算をしていたとき、目の前の彼をぼうっと眺めているうちに思い出した。あ……あの人だって。咄嗟《とっさ》に相手の薬指を見た」

そこで真介は、少し笑った。

「リング、まだ嵌ってたよ」

交差する道の信号は赤になった。だが、同時にグリーンの右折の矢印が点灯した。

「それからおれは駅に着くたびに、コンビニの店内をつい覗き込むようになった。おれも帰る時間はバラバラだし、相手だってシフトもある。居る時もあれば、居ない時もあった。でも、あの人がレジに見えた時はいつも、店内に入って、何かを買って、彼に精算してもらった」

目の前の信号……ようやく青になる。

真介はコペンをスタートさせた。

「たぶん、一年職を探しても、見つからなかったんだと思う。失業保険も切れたんだと思う」

真介はコペンの速度に合わせ、ギアを上げていった。

「最初の頃、あのオジさんは、やっぱり元気がなかった。声も小さかった。でも、三ヶ月ぐらい経《た》つと、少しずつ声にも張りが出て、笑顔も見せるようになった」

ようやく、陽子は声を出すことが出来た。

「そう……」

そう、と真介もうなずいた。

「で、今はあんな感じになった。けっこう元気に働いている」

「うん」

「でもそれも、店にいる時だけかも知れない。奥さんのいる家に帰れば、また違う表情なのかも知れない。それは、おれには分からない」

「……うん」

「でも、ああやって表面だけかもしれないけど、にこやかに笑う。それでもおれは、どこか救われた気分になる。良かったな、って、無責任かも知れないけど、会うたびに思う」

「……そっか」

ふと手のひらを、外にかざしてみる。

案の定、夜風がまだ冷たい――。

7

三ヶ月後、まりえは、とある化粧品メーカーに就職した。『メヒカール』。数年前からこの日本で積極的にブランド展開を始めた、外資系の企業だ。

配属先が決まって、驚いた。

いきなり最重要拠点でもある、渋谷店の店長と言うことだった。

えっ、と思わずまりえは声を出した。

か？」

「ですが渋谷店には、もうすでに私より先輩の方々が、おられるのではないんです
するとと、人事の担当者は笑ってうなずいた。

「そうですね。五人のスタッフのうち、三人は正社員です。うち一人は、日本での立ち上げ当時から在籍するスタッフです。年も、あなたより上です」

「でもそれは……」

まりえは思わず言葉に詰まる。

「大丈夫です。この業界での経験は、あなたのほうが長いのです」担当者はさらに上機嫌で笑った。「フロントウーマンとして上げてきた実績も、あなたのほうがはるかに上でしょう。自信を持ってください。それに――」

が、そこで人事担当者は、いったん口をつぐんだ。

「それに？」

つい鸚鵡《おうむ》返《がえ》しに、まりえは問いかけた。

束《つか》の間《ま》ためらったあと、その担当者は口を開いた。

「わが社は、これからも全国展開を積極的に仕掛けていきます。だから、これから一、二年で渋谷店でのしっかりした実績さえ残してもらえれば、あなたにはすぐに、その

上のエリアマネージャーに上がってもらうつもりです。また、最初からそのつもりで、コフレの同じ地位にあった滝川さん、あなたを採用したのです」

「……はい」

「ゆくゆくは、本社スタッフになってもらうための採用だと思ってください。そして、そのつもりで仕事に励み、常に行動してください。分かりましたか？」

「はい」

つまり、と思う。あたしはここでも、その実績と同じように、学歴でも見られているのだ。

だが、それは言葉には出さなかった。

出したところで相手は否定するか、それとも曖昧《あいまい》に笑うかの、どちらかだろう。

まあ、いい。

あたしはあたしの背景で、頑張るだけだ——。

File 2. 迷子の王様

『ぼくのお父さん』

三年一組　蒔田《まきた》時夫《ときお》

ぼくのお父さんはエンジニアです。テレビの設計をしています。みんなの家にあるカラーテレビの五台に一台は、お父さんの会社の作ったテレビだそうです。

お父さんは、毎日帰りが遅いです。そしてぼくが起きる前には、もう家を出ています。だからぼくは、お父さんの顔を月曜日から金曜日まで見たことがありません。

でも休日は、ぼくら兄弟によくテレビの仕組みの話をしてくれます。

お母さんは言います。

「お父さん、一生懸命に仕事をしているのよ。会社のためと、あたしたち家族のためにね。だからあんたたちも負けずに勉強をしなさい」

だから、勉強を頑張ろうと思います。国語と社会は好きじゃないけど、算数と理科は得意です。ぼくも将来、エンジニアになりたいです。

ぼくは、お父さんを尊敬しています。

1

午前の部の面接が終わり、昼食に川田美代子を誘った。

「あ、いいですねえ」

彼女は柔らかく答えてくる。

「きょうはさ、軽く、讃岐《さぬき》うどんにしない？」

「うーん、冷やし中華でもいいんじゃないんですか」

そんなことを口にしながら、八階からエレベーターに乗り、ビルを出た。目の前の大通りの横断歩道を渡り終えた時に、ふと真介は後ろを振り返った。

二十階建てのビル。その屋上に、他を圧するようにロゴ入りの看板が立っている。

『セネッシュ』

従業員一万七千名を抱える巨大家電メーカーの、東京本社ビルだ。

創業は一九五一年。大阪の町工場からスタートした。一九六〇年代後半から二〇〇〇年代中盤までの約四十年、日立、松下電器産業やシャープなどと共に、白物家電で世界を席巻《せっけん》していた家電七大メーカーの一角を占める。

「……」

真介は一瞬その看板を見つめた後、再び川田とともに歩き出した。

結局は川田の提案に沿い、冷やし中華にした。

昼時にはまだ時間が少し早かったせいもあるのだろうか、店は思いのほか空いていた。

食べ物を待っている間、真介は独り言のように口を開いた。

「鉄鋼、造船もそうだよなあ……」

「え？」

と、川田が顔を上げる。

いや、だからさ、と真介は苦笑した。「今さ、日本の家電メーカーって、一昔前だったら考えられないような悲惨な状態になっているわけじゃん」

「ですねー」

川田もうなずく。そして控えめに笑う。

「そういえば昔、私のお父さんも、ソニーの株を持ってましたよ」

「へえ？」

「『大丈夫です』って、証券会社の人が太鼓判を押したから買ったらしいんですよ。『ソニーの株が紙屑《かみくず》になる時は、日本が潰《つぶ》れる時しかありませんから』って」

不謹慎だとは思いながらも、つい失笑する。その話の先行きが見えたからだ。

案の定、川田は言った。

「お父さん、『なんだよっ、思い切り下がっちゃったじゃないかっ』って怒ってました。そのあとも紙屑にはなりませんけど、どんどん値下がりしちゃいました」

「やっぱり？」

川田はうなずく。

真介は、つい溜息《ためいき》をついた。

密《ひそ》かに思っていることなのだが、真介はいわゆる農業漁業を含めた「生産」あるいは「モノ作り」をしている業種や企業、そこで活動する人間には、やはり一目置いている。

ありとあらゆる経済活動の基礎となるからだ。

最初にモノ作りがあってこそ、流通、販売という、そこからの流れも成り立つ。そして流通、販売に携わる人間の数は、その業種の形態には目まぐるしい変化はあるものの、日本全体としての人的需要はほとんど変らない。基本的には内需産業だからだ。だが悲しいかな、製造業だけは別だ。一流メーカーになればなるほど、そのフィールドは海外マーケットがメインとなる。家電メーカーというのは、結局は自動車メーカーやバイクメーカーと同じく、内需だけではその経営が成り立たないのだ。

このセネッシュもそうだ。

九〇年代後半から二〇〇〇年代前半まで、高画質液晶パネルにおけるテレビ事業で一時期は世界最大のシェアを誇った。その勢いに乗り、巨額な投資をして、大阪と広島に液晶パネルの工場を作った。当時では世界最大の規模を誇る工場だった。

だが、セネッシュにとって不幸だったのは、その液晶テレビの生産工程技術でデジタル・イノベーションが起こり、未熟な技術でも、ある程度の高画質液晶パネルが作れるようになったことだ。結果、急激に台頭してきた韓国と中国のテレビメーカーとの激しい価格競争が起こり、世界各地でその戦いに惨敗《ざんぱい》した。

売り上げが伸び悩むなか、工場建設のために銀行から借り入れた巨額の資金が経営を圧迫し、財務状況に重く伸し掛かってきた。さりとて他の部門、冷蔵庫や洗濯機、ミニコンポなどの事業も思わしくなく、どの部門もギリギリ黒字か赤字同様だった。

要は、どこにもテレビ事業の損失を埋める金が無かった。

そして一昨年、創業以来最大の赤字を出す。

経営の合理化、大幅な人員削減を条件に、台湾の大手電機メーカーの『タイジン』から支援を受けることが決まった。

……真介は思う。

しかしこの傾向は、なにも電機メーカーだけではない。

現代だけの話でもないし、日本だけの話でもない。

モノの本によると、かつてはイギリスもそうだったし、アメリカもそうだった。分かりやすくアメリカで言えば、「世界一の鉄鋼と造船の町」と呼ばれたフィラデルフィアは、もう四十年も前から朽ち果てた巨大工場群ばかりが残骸《ざんがい》のように立ち並ぶ廃《はい》墟《きょ》の街同様になっているし、自動車王国だったデトロイトも、その産業の斜陽化に伴い、三十年ぐらい前から急速にスラム化した。

日本も例外ではない。鉄鋼の一大拠点であった北九州と釜石《かまいし》の町は、文字通り灯が消えたようになっているし、造船で栄えた呉《くれ》や長崎や佐世保も、七〇年代後半から青息吐息だ。

この家電業界にしても同様で、サムスン、LG、ハイアールと言った北東アジア勢が日本企業を押しのけて、世界の売り上げトップスリーを占めつつある。

どうやら製造業と言う産業は、その時代の移り変わりにより、世界の趨勢《すうせい》から無関係ではいられないものらしい。かつてシルクロードにあったロプ・ノール（さまよえる湖）のように、その環境の変化に合わせて、移動しつづけるものであるらしい。

＊

一時前に面接室に戻り、川田から貰《もら》った午後イチの被面接者のファイルを捲《めく》る。

蒔田時夫、とある。

ふむ、と感じる。一見どこにでもありそうで、滅多にない苗字《みょうじ》と名前……。

四十二歳。現在、映像開発部門・液晶研究課の主任研究員。

横浜国立大学の理工学部で電子工業情報を専攻、同大学院でさらに液晶工学を研究後、セネッシュに入社。以来、映像開発の研究一筋でここまで来ている。

主な研究は、フルHD解像度の高精細化である。

現在のテレビの解像度は、その基本となるHDハイビジョンで、横縦画素が１２８０×７２０、９２万１６００という総画素数になる。

さらにその上の解像度では、フルHDフルハイビジョン（通称2K）になり、横縦画素が1920×1080で、総画素数は207万3600である。現在、この解像度の液晶パネルが、高画質テレビとして市場に出回っている。

というのも、現行の放送網では、NHKを初めとしたどこの放送局も、電波の容量や技術上の問題で、この2Kまでの解像度の映像を流すのが精一杯だからだ。

とはいえ、更なる大容量の電波送信時代を見込んで、電機メーカーは各社ともそれ以上のハイビジョン画像の開発に鎬《しのぎ》を削っている。4KウルトラHDでは、横縦画素が3840×2160で、その総画素数が829万4400。

ちなみにこの日本製4Kで、平均価格は、一インチの画面当たりで一万円と言われている。二十インチのテレビなら二十万、五十インチのテレビなら五十万ということだ。

さらにその上の8KウルトラHDスーパーハイビジョンでは、横縦画素が7680×4320で、総画素数は3317万7600という膨大なものになり、その解像度は肉眼で実物を見るのとほとんど見分けが付かないぐらいの鮮明さだという。そして、立体的にも見える。

セネッシュは数年前、赤字に苦しみながらもこの8K画面の開発に成功した。

が、4Kはともかく8Kの実用化は、電波網のインフラ整備を考えると十年は先の技術だと言われている。仮にその時代がすぐに来たとしても、売価は相当な高額になり、現段階での市場ニーズはごくごく限られている。

黒字続きのメーカーならいざ知らず、赤字にあえぐ企業での話だ。当然、他の部門と同じように、ある意味でメーカーの生命線でもある開発部門も、厳しい人員削減の対象となった。

真介は改めて、ファイルの顔写真に見入る。

蒔田時夫……まずまず整った顔立ちをしている。四十二歳になるというのに、髪型もまったくオヤジ臭くはなく、今風だ。そして、そういう男性にありがちな雰囲気として、実年齢よりも若く見える。

ちなみにこの男の入社後から数年間、セネッシュの映像開発部門では横浜国大卒の新入社員が、かなりの割合で増えたそうだ。

この蒔田がOBとして、学生時代に仲の良かった後輩たちをさかんにリクルーティングしてきたからだ。就職氷河期に当たっていた学部の後輩たちも、その有力な就職の紹介者として、先輩の蒔田のことを頼りにやってきたらしい。

このエピソードは、いくつかの示唆《しさ》を真介に与えてくれる。

第一に、この蒔田は自ら選んだ会社と職種を、相当気に入っていたのではないか。そうでなければ、後輩たちを自分の勤める会社に熱心に誘う気にはなれないだろう。

二点目として、この蒔田自身が後輩からの人望も厚い、いわゆる面倒見の良いタイプだったという推測も出来る。でなければ、後輩たちも頼ってはこなかっただろうし、最終的にセネッシュに入社する決意もしなかったはずだ。いくら就職難の時代とは言え、セネッシュ以外にも、家電メーカーはいくらでもあるのだから。

最後に、そういう人間ならば、たぶん職場での人間関係も円滑だっただろうという推測も成り立つ。仕事にも熱心に取り組み続けてきただろう。事実、この男の人事査定は入社以来、ずっと『優』のランクを維持し続けている。出世のほうも、セネッシュがこういう事態に陥るまでは、研究者としてのキャリアを順調に積み上げてきている。

ふむ……。

ファイルの最後の個人情報ページを捲る。

二年前に結婚、とある。しかしこの男、結婚のさらに三年前に、都内にマンションを購入している。どうしてそんなことをしたのか分からないが、普通は順序が逆だろう。

そしてもう一つの事実……この蒔田の父親も、かつてはエンジニアだった。企業こそ違うが、同様に大手の電機メーカーで、同じようにテレビ画面の開発部門を歩んできた。

十年ほど前の二十一世紀初頭に、定年退職したらしい。業界的には、満額の退職金が出た最後の世代だろう。いわゆる高度経済成長期の波に乗り、まだまだ組織人としての夢を持つことが出来ていた一方で、これからはますます失われゆく世代とも言える。

この親子の世代対比……ふむ。やはり切ない。溜息が出る。

正面の扉に、ノックの音が弾《はじ》けた。真介はすぐに立ち上がり、

「はい。どうぞお入りください」

と口を開いた。

ドアノブが廻り、長身の男が入ってくる。真介は目が合うなり、軽く頭を下げた。相手も近づいてきながら、目礼を返してくる。その瞳《ひとみ》には、写真で見たより若干光が足りないような印象を受ける。

瞬間、真介は密かに決めた。

この男には、重箱の隅を突くような質問や、さりげなく退職に導くような姑息《こそく》な話

法は敢《あ》えて使うまい。というか、自分のような立場の人間が、この種の人間に対しては、何も言うことはないと感じる。

型どおりの挨拶《あいさつ》をしたあと、セネッシュの現状と早期退職制度の概要を、淡々と説明した。説明している間にも、相手はもう早期退職の条件など、職場の噂《うわさ》で先刻承知の話だろう、とは思う。

案の定、蒔田は特に心外な表情も見せず、淡々と真介の話を聞いていた。

「――というわけなんですが、蒔田さん、この現状に対して、あなたはどうお思いになりますか？」

最後の締めくくりで真介はそう、敢えて焦点をぼかした言い方をした。相手の反応を探った。

相手は若干うつむき加減のまま、しばらく黙っていた。

そりゃそうだろう、とこんな立場ながらもつい同情してしまう。

懸命に開発してきた8K画面は、現時点では無用の長物だと陰口を言われ、むろん給料が上がるわけでもなく、挙句には首を切られようとしている。

世の中には――お金はむろん大事だが――それ以上に、金のことなど二の次にして仕事をしている人間もいる。自分の仕事に情熱を持つからこそ、続けてきた人間もいる。

おそらくは、この目の前の人間もそういう種類に属するだろう。

……まあ、とようやく蒔田は口を開いた。「数年前から、こういうことになるかもしれないとは、うすうす予想していましたから」

真介はうなずいた。だから、もうある程度の覚悟は出来ている、とでも言いたいのだろう。

「三回、でしたよね。この面接」そこで初めて、蒔田は顔を上げて真介を見てきた。

「それまでには、辞めるにしろ、残るにしろ、何らかの結論は出すつもりです」

「そうですか」

もう一度うなずきつつも、真介の長年の勘はささやく。

おそらく、この男は辞めるだろう。

面接は淡々と終わり、蒔田は部屋を出て行った。

真介は川田を振り返る。

川田は束《つか》の間《ま》黙っていたあと、口を開いた。

「なんか、後ろめたいですね」

真介も苦笑いをしてうなずく。

それはそうだろう。

自分の仕事の社会的な意味に絶えず疑問を持ちながら、時には、やってらんねえ、などと後ろ向きの意識を持ってしまうような職種の者が、結果として、自分の仕事に懸命に向き合ってきた人間の首を切るのだ。

そのやりきれなさを、川田も感じているのだろうと思った。

2

時夫はその週末、レンタカーを予約していた。朝の十時から、翌日の午後十時までの三十六時間だ。

朝食を食べている時、妻の雅美《まさみ》がためらいがちに言った。

「やっぱり、あたしも行こうか」

いや、と味噌汁《みそしる》を飲みながら時夫は少し笑った。

「いいよ。仕事もあるだろうし」

事実そうだ。彼女は、週明けが締め切りのウェブデザインの仕事をひとつ、まだ抱えている。

四年前に、職場の後輩が主催した飲み会で知り合った。その当時はウェブ系の広告制作会社に勤めていたが、結婚した今では、在宅で以前の会社から定期的に仕事を請け負っている。

歯を磨き顔を洗い、寝室に戻ってスウェットを脱ぎ、ジーンズと半袖《はんそで》のチェックの綿シャツに着替えた。

玄関で靴を履きながら、見送りに来た妻を振り返る。

「じゃあ、行ってくるね」

雅美はうなずいた。

「運転、久しぶりでしょ。気をつけて」

うん、と時夫はうなずき、ちょっと笑った。

「雅美のほうこそ、仕事頑張って」

妻も笑った。

「ありがとう」

家を出た。外廊下を歩いていき、エレベーターに乗る。

ふう、と何故《なぜ》か軽い溜息が漏れる。

出合った頃は、まさか彼女と結婚するとは夢にも思っていなかった。

というか、自分が結婚すること自体、若い頃からあまり想像したことがなかった。研究、研究の毎日で、独身のまま一生を送ることになるんだろうなあ、と漠然と想像していた。

だから三十七歳の時に、思い切ってこの葛西《かさい》にマンションを買ったのだ。2LDKの、広さ60平米の中古マンション。

築五年のものだったが、二千百万とお買い得だった。時代的に見ても、不動産が底値を打った頃でもあった。自分の城を持っておくつもりだった。

いろんな事情で手元にあった一千万を頭金にして、会社の取引銀行を通じて残り千百万の二十年ローンを組んだ。これなら当時の低金利で、月々の支払いは六万にも満たなかった。その頃に住んでいた賃貸マンションの家賃よりも安く、しかし住環境は格段に上がった。

が、一年後に雅美と知り合った。

五歳年下だった。初対面の印象は、地味な女だな、といったほどのものだ。見た目も性格もそうだ。

しかし話をするにつれ、物事を自分の頭で自分なりに懸命に考えていることが分かってきた。そして、そういう人間の常として、何かを質問しても、思いつきで即答はしない。少し考え込んだあとで、ややためらいがちに自分の意見を口にする。そこが気に入った。その口ぶりや答える内容が、聞いていて心地が良かった。

ずっと研究職を続けてきて、ひとつ分かったことがある。

世間の常識に沿った意見しか持っていない者、自分の存在や考え方を疑ったことがない者には、進歩がない。変化もない。つまりは時夫の分野で言えば、研究者として大成しない。

時夫は思う。

別に今の仕事に限った話だけではなく――世の常識と今の自分に暫時《ざんじ》寄り添いながらも――自分の正しさを、そして自分の常識を常に疑い続ける者だけが、大人になってからも人間的に成長し続けることが出来るのではないか。妻を見ていて、たまにそう感じる。

妻には二週間前に、会社での現状を話した。

聞き終わった後、いつものように、しばらく妻は黙っていた。

が、やがて口を開いた。

「トキオは、どうしたいの？」

「正直、迷っている」時夫は答えた。「今の職場には愛着がある。仕事にも人間関係にも満足している」

妻は黙ったまま時夫を見ている。その先の話を無言で促している。

でもさ、と時夫はさらに続けた。「二年前から、どんどんその仲間が職場を去っている。これ以上人が減ると、もう新規の研究は人的に続けられないような状況まで来ている。おれももう、今の会社では映像研究者としての仕事は続けられないだろう。かと言って、こういう研究職で雇ってくれる会社は、同じ業界では難しい」

「そう？」

「今はセネッシュに限らず、どこの電機メーカーも青息吐息だからね」

雅美は束の間考えた後、言った。

「……つまり、残るにしろ辞めるにしろ、今の職能を生かした仕事は続けたい……そういうこと？」

言われて初めて気づく。

そうだ。おれはたとえ会社を辞めることになっても、今の仕事は続けたいのだ。愛着のある会社だが、職種を変えてまで会社にしがみつく気もない。

だから、うなずいた。

「でも、その仕事が、世の中にはないんだ」

事実そうだ。パソコンメーカーなら、画像の仕事もまだある。しかし、それも4Kまでの鮮明度で充分に間に合うだろう。逆にあまりにも鮮明すぎると、絶えず至近距離で見る機器だから、目が疲れやすくなる。これは、雅美も言っていた。つまり、ここにもおれのキャリアを活《い》かせる場所はない。

しばらくお互いに黙っていた。

とりあえずさ、と雅美は言った。「生活の心配はしないで。それは、考えないで」

「え？」

「あたしが今の在宅の仕事で、だいたい月に十万円の収入でしょ」雅美は少し笑った。「前の会社に戻ってフルに働けば、月に二十万以上はもらえると思う。ローンも安いし、結婚前に貯《た》めていたあたしの貯金も百万ある。トキオがもしやめたとしても、失業保険も出るし、当分の間は大丈夫だと思う」

「……」

「だからさ、生活のためだけに会社に残るとか、自分の生き方を妥協するようなことだけは、止《や》めて」

でも、と思わず時夫は言った。「でもさ、もしそれで思うような仕事が見つからなかったら？」

「そのときは、そのときのこと」雅美はまた、あっさりと笑った。「仮に辞めて一年ぐらいが経《た》って、それでもまだうまくいってなかったら——」

「うまくいってなかったら？」

「それは、その時にまた、改めて考えればいいことよ」

そう、きっぱりと言い切った。

レンタカー屋に歩いていきながらも、少し微笑《ほほえ》む。

（そのときは、そのときのこと）

雅美、いいことを言うな、と感じる。

確かにそうかも知れない。

物事をある程度まで考え抜いたら、それ以上は不確定な未来のことを考えても仕方がないのかも知れない。

時間さえ経てば、人もその周囲の状況も、世相も変っていく。その状況に応じて、またその時になって考えてみれば、意外と容易に答えは見つかるものなのかも知れない。

そして、そういうアドバイスをくれた雅美の考え方と、その奥にある気持ちを、とてもありがたく思う。

近所のレンタカー屋に着いて、クルマを借り受ける。トヨタのヴィッツだった。

まあ、正直言ってクルマなど、何でもいいのだ。

今から高速に乗って長距離を運転するので、さすがに軽自動車ではきついと思っていたが、それでも1000cc以上のクルマなら、何でもよかった。

現代のクルマなら、一リッター以上のものであれば、よほど飛ばそうと思わない限りは、高速でも特に不便なく走る。だから、それで充分だ。

二十代の頃は、クルマに凝った時期もあった。程度のいい中古のスバル・アルシオーネSVXを買って、自分好みにカスタマイズし、一時期はクルマにばかり乗っていた。

だが、三十を過ぎ、そのクルマを買い換えようと思ったとき、どんなクルマを見ても、もう欲しいと思わない自分がいた。

以来クルマは持っていない。相変わらず欲しいとも思わない……。

ともかくもそのヴィッツを借り出して、首都高の船堀橋インターから高速に上がった。南に下り、葛西ジャンクションを右折。横浜方面へと流れる湾岸線に合流する。

そのまま西に湾岸線を十五キロほど進み、羽田トンネルを過ぎる。

ちょうど東京都から神奈川エリアに入った浮島ジャンクションから、東京湾アクアラインに入る。川崎から、海を隔てた木更津へと一気に出る。結果的に房総半島の南まで行くには、こちらのほうが湾岸線の東回り千葉経由より早いのだ。

なおも高速道路上を進み、袖《そで》ヶ浦《うら》インターも過ぎ、木更津ジャンクションも通過し、さらにその八キロほど先にある木更津東インターチェンジで、一般道へと降りる。これからさらに、南へと向って山道を奥深く入っていく。

出発してから、ナビをずっとつけていないことに気づく。が、まあいい。いい加減に道は覚えてしまっている。

この道は、年に少なくとも三回は通う。盆と正月と、そしてゴールデンウィーク。いわば帰省のようなものだ。それがもう、十年近くになる。今回は別だが、結婚してからは妻を同伴して来るようにもなった。

時夫には兄が一人いる。今は、ゼネコンに勤めている。母親は時夫が二十五歳のときに亡《な》くなった。癌《がん》だった。それから七年後の十年前、父親は会社を定年退職した。会社を辞めると同時に、父親は驚くべき行動にでた。この南房総の山中に、いきなり移り住んだのだ。過疎《かそ》化が進んだ山里の集落だった。近くの高宕山《たかごやま》という山塊には、野生の猿も群棲《ぐんせい》しているような辺鄙《へんぴ》な場所だ。麓《ふもと》まで降りなければコンビニはおろか、郵便局も信号もない。

役場の地域振興課から、空き家になったままの農家と二反ばかりの畑を、月に二万という格安の家賃で借り受けた。一人で農業を始めるつもりだと言った。

当座、八王子の実家はそのままだった。父親は一年の大部分をこの南房総の山中で田畑を耕してはいたが、それでも冬などの農閑期は、八王子にある時夫たちの育った実家に帰ってきていた。

「……」

クルマはなおも山道を進んでいく。とは言っても、この冬でも温暖な南房総には、高く峻険《しゅんけん》な山はない。せいぜいが丘陵地帯と言ってもいいほどの、低い山並みがどこまでも続いている。うねうねと曲がりくねるか細い県道の両脇《りょうわき》から、鬱蒼《うっそう》とした樹木の枝葉が覆《おお》いかぶさってきている。

ふと思いつき、両側のパワーウィンドウを押してみる。全開にした。

案の定、むせるような新緑の香りが車内に一気に立ち込めた。

いい匂《にお》いだ。少なくとも都心にいては、滅多に意識することのない匂いだ。心持ち、心が緩やかになる。

父親は、母親が亡くなった後も、退職するまではずっと研究所に入り浸りの日々だった。趣味は何もなかった。ましてや釣りや、家庭菜園などといった言葉さえ口にしたことはなかった。

それでも、密かに田舎暮らしに憧《あこが》れていたのかも知れない。ひょっとしたら時夫が今感じているような気分を味わいたくて、田舎に引きこもったのかも知れない。

「……」

アスファルトの県道を峠まで登り切った。その峠から左手に、ゆるやかに下っている村道が見えてくる。三十年以上も修復されていないと思《おぼ》しき、狭いガタガタのセメント道だ。ハンドルを切り、村道へとヴィッツを乗り入れる。さらに広葉樹の緑のトンネルが深くなる。道路の両脇からせり出してきている草が、クルマのフェンダーを撫《な》でていく。所々に苔《こけ》も生えている。

いや……やはり違う。

親父《おやじ》は、そんな人間ではないだろう。少なくとも牧歌的な情景などに憧れて、都会を離れるような情緒的な人間ではない。そういう意味で「やわ」な人間ではない。

十年前でも、過疎化がぎりぎりまで進んだ山里の集落だった。周囲に数軒の農家が点在しているだけの、住む者はといえば四、五人の七十代と八十代の老人が細々と農業を続けていた限界集落だ。今では、わずかにあった周囲の農家も後継ぎがいなくなり、廃村同様になってしまっている。そんな、人との交流の途絶えた場所で、父親は今でも一人で平然と農業を続けている。田畑を耕し続けている。

時夫は思い出す。

あの頃はまだ、その本当の意味に気づいていなかった。父親は、趣味の延長から発するような自給自足の生活ではなく、仕事としての『百姓』を始めると言っていたのだ。

南房総に移り住んでから三年後に、父親は住民票をこの限界集落へと移した。数年をかけて、それまで人の手も入らず荒れ放題だった三反の畑が、ようやく本格的に稼《か》動《どう》し始めたこともある。

この地域からさらに南に数キロ下った場所に、まだ生きているいいい村落がある。人口はわずかに二百名ばかりの集落だが、ここらあたりの中心地だ。農協があり、農産物の共同販売所があり、休日ともなれば都心から人々が行楽がてら、新鮮な野菜を求めてやってくる。

父親はそこの農協に加入した。

田舎の人の目は、都会の人間が思っているほど優しくもなく、牧歌的なものでもない。

だから最初、この中心地の集落では、いきなり都会から一人で移り住み、やったこともない農業を始めた父親のことを、けっこう冷たい目で遠目に眺めていた人も多かったようだ。

まあ、それはそうだろう、と時夫も思う。

六十を過ぎたズブの素人《しろうと》が——趣味の延長程度の家庭菜園ぐらいならともかく——本格的に農機具をリースし、田畑を耕し始めたのだ。農業に長年従事してきた者にすれば、（おれたちの仕事を甘く見るなよ）という気分もあっただろう。

だが、その周囲の視線も、父親が荒れた田畑をせっせと整備しなおすところから農作業を始め、二年後にようやく初めて収穫された野菜や米を農協に持ち込んだ頃から、徐々に温かいものに変り始めた。

三年が過ぎた頃には、農協の催し事や公民館での寄り合いにも必ず声をかけられるようになり、完全に周辺の人間関係にも溶け込んだ。そして、そこまでの人的環境も（あるいは意識的に）確保した上で、父親は住民票を移動した。いよいよ本格的に、この南房総に腰を据えるつもりのようだった。

親父は、最初から分かっていたのだ、と今になって思う。

一人で暮らしてはいても、人は、周囲の環境から独立しては生きることは出来ない。

人的なネットワークの中でしか生きられない。

これは、時夫も若いときから無意識ながらも感じてきたことだ。だから、可能な限り大学や職場の人間関係は大事にしてきた。

それはともかく、住民票を移動した直後に、父親は時夫たち兄弟を八王子の実家へと呼んだ。

「悪いが、ここは処分して金に換えようと思う。お前たちもそれぞれ独立しているし、もう戻ってくることもないだろう」

正直、そこまでの覚悟には度肝を抜かれた。

一瞬、反対しようかとも思ったが、やはり口にすることは憚《はばか》られた。八王子の家は、父親が勤め人時代にローンを組んで、その土地を購入するところから始め、自分で建てた家だ。

築四十年近くが経った上モノに、資産価値などはほとんどない。ほぼ土地代が売値で、千五百万強だった。

さらに驚いたことに父親は、その売値から税金を差し引いた全額の七百万弱ずつを、時夫たち兄弟に分け与えた。

「まだおれは生きているが、事前の形見分けだと思ってくれ」

次いで、こんな予言めいたことを言った。

「まあ、お前たちも三十を過ぎている。いいかげん大人だ。が、恵まれていたおれたちの世代とは違う。これからもモノ作りに携わる業種は、ますます厳しくなるだろう」

だから、と無口な親父にしては珍しく、長いセンテンスの話を締めくくった。

何かの時の保険だ、と。

……だから時夫は、それまでの自分の貯金三百万と併せて、一千万の頭金を積んでマンションを買うことが出来たのだ。月に六万もしないローンで、この世相でも楽に生計を立てていくことができるようになった。

狭隘《きょうあい》なセメントの道を下り切ると、不意に前方が明るくなった。と同時に、それまでのセメント道が途切れ、未舗装の畦道《あぜみち》へと変る。

東西を緩やかな傾斜に囲まれた平地が、南に向って細長く開けている。その田畑の中に、数軒の民家が散らばっている。

父親の住んでいる民家は、その最も南にある。

時夫は畦道の上を、ゆっくりとクルマを走らせていく。空は晴れているというのに、カエルの鳴き声が複数、どこからか聞こえてくる。夜は雨になるのだろうか、と感じる。

ダッシュボード上の時計をちらりと見る。十二時十五分。最短ルートを進み、高速道路も特に混んでいなかったというのに、葛西を出発してから既に二時間以上も経っている。やはり陸の孤島だ。

途中、廃屋になった民家を三軒過ぎた。まだ家屋自体はしゃんとしているようだが、庭には雑草が生え放題だ。地面に近い壁にも蔦《つた》が這《は》い始めている。家屋として少しずつ崩壊に向っている。

父親の背中は、すぐに見つかった。

畑の中にジャージ姿の男がポツンと見える。麦藁《むぎわら》帽子を被《かぶ》り、首に手拭《てぬぐい》を巻いている。籠《かご》を片手に持ち、何かをせっせと摘んでいる。そして視界の続く限り、周りの田畑には親父以外の人間は誰一人としていない。

時夫はつい笑った。

もうすっかり、見てくれと動作が板についている。ぱっと見には何十年も農業をやっている人間に見える。あるいは、文明から隔絶した原始人にも見えないこともない。

最近のクルマというのは、低速で進んでいる限りエンジンの音はほとんど聞こえないものだ。それでも回転するタイヤが起こす微《かす》かな摩擦音に気づいたらしく、その背中がこちらを振り返った。それだけ周囲が静かだということもある。

時夫は開けっ放しだったサイドウィンドウから、片手を出して軽く振る。父親も、片手の籠を軽く持ち上げて見せた。

時夫は畑の中の父親をいったん追い越し、五十メートルほど先にある家の敷地にクルマを乗り入れた。生垣に囲まれた敷地は、三百坪ほどの広さだ。入ってすぐの右手に納屋《なや》があり、軽トラックと、小さな耕運機などの農機具が納まっている。正面が母《おも》屋《や》だ。大きな平屋建ての建物だ。部屋数が六間もある。

エンジンを止め、クルマから降り立った。なんとなく左右を見回す。生垣もきれいに刈り込まれている。納屋も母屋もずいぶんな年代ものとは言え、日ごろの手入れが行き届いているらしく、妙にすっきりとして見える。おそらくは掃除もまめにやっている。

庭の奥にある物干し竿《ざお》に、いくつもの洗濯物がずらりと並び、谷間を渡ってくる微風を受けて、軽くはためいている。洗濯もまめにやっているらしい。

親父はすぐにやってきた。

時夫の前で立ち止まり、麦藁帽子を被ったまま、わずかに首をかしげた。

「飯は、食ったか」

それが、約五ヶ月ぶりに会う親子の最初の会話だった。

いや、まだだよ、と時夫は答えた。

「じゃあ、今から昼飯にしよう」親父はちょっと空を見上げ、答えた。「いい陽気だし、ビールでも飲みながら、適当に何か食べよう」

今日は真面目《まじめ》な話をするために来た……束の間迷ったが、結局は首を縦に振った。

その様子を見て、親父は初めて少し笑った。


時夫は今、庭に面した居間に座っている。縁側のガラス戸と障子が開け放たれ、畳の上を、山麓《さんろく》からの微風がゆるゆると通り過ぎていく。軒下で風鈴が鳴っている。時おり、庭に干してある洗濯物の洗剤の香りも漂ってくる。

襖《ふすま》を開け放った二間先の台所では、父親が背中を向けて料理をしている。

しばらくして父親が時夫を呼んだ。

「おい。出来たから運んでくれ」

言われるまま台所まで行き、皿を運んでいく。

塩茹《しおゆ》でしたそら豆、生の葉生姜《はしょうが》、スモークベーコン、カイワレ大根、茗荷《みょうが》、トマトなど、どの皿も大量にある。いずれも父親の畑から採れたものだ。肉だけは違うが、スモークは自分でやっている。ニンニクを擂《す》り下ろし、レモンの絞り汁とマヨネーズで和《あ》えたディップも付いている。

最後に父親は、ビール――アサヒスーパードライの大瓶を持ってきた。

つい笑う。

「親父、相変わらずだね」

ああ、とグラスをふたつテーブルの上に並べ、栓抜きで栓を開ける。親父は昔から瓶ビールしか飲まない。スーパードライも昔に出た当初は、大嫌いだった。こんな水っぽいビールなんか飲めるか、とこぼしていた。

だが、やがて和食とは意外に食べ合わせがいいことに気づいて以来、二十年この銘柄ばかりになった。

まずはビールで喉《のど》を潤《うるお》し、そら豆に手を伸ばす。口に含み、口内で噛《か》む。

「うまいっ」

思わず口に出た。中の汁が、まるで果汁のようにぶちっと口内で弾ける。味が濃厚で、それでいて嫌味がない。皮も肉厚でむっちりとしている。スーパーで買う市販のものとは、まるで比較にならない。

「こっちも食べてみろ。葉生姜はすぐに鮮度が落ちる。茗荷もそうだが、採れたてほど美味《うま》い。根っこから齧《かじ》り付け」

そう、父親が顎先《あごさき》で促す。茎の部分を摑《つか》んで、言われるまま根元からがりっと嚙み付いた。なんともいえぬ歯ごたえと香りが、舌の上に一瞬にして広がる。独特の甘味と辛味、そして一瞬あとに来る心地よいえぐみ。それ自体が単独で、きっちりとした小宇宙を形成している。

「これも、すごい」

今度もつい口にする。

父親は、少し笑った。

あとはもう、ビールを飲みつつも夢中で食った。これまた採れたての茗荷に、先ほどのディップを付けて口に放り込む。ディップの絶妙な味つけ——柑橘《かんきつ》系の甘酸《あまず》っぱさとニンニクの匂いと刺激味が、マヨネーズで中和され、トロトロのまろみが出ている。さらに強い茗荷の香りと歯ごたえが、そのまろみに上書きされていく。

ベーコンは可能な限り薄切りになっている。それでもまた、燻《いぶ》した煙の残り香が強烈に漂っている。これに大量のカイワレ大根を載せて、くるりと巻いて食べる。肉自体の持つ脂肪の甘味と肉の塩味、カイワレのほのかな辛味が堪《たま》らない。

時夫は、こうして父親の元を訪れる度に、身にしみて感じることがある。

昔、母親の作る料理はうまかった。妻の雅美も料理はうまい。しかし、今この目の前にある父親の差し出した食べ物の味わいとは、やはり次元が違う。

かといって、母親や雅美の料理の技量が父に比べて劣っているわけでは決してない。むしろ、父親のほうが下手だろう。味付けもシンプルそのもので、下拵《したごしら》えや裏技などは一切ない。

素材の差なのだと感じる。素材さえ良ければ、そのものの素の味を活かすだけで圧倒的に美味いのだ。例えばこの真っ赤なトマトもそうだ。甘い。まるでマンゴーのように甘い。トマトがこんなに甘い食べ物だなんて、おそらく今の日本人のほとんどは知らないだろう。

そんなことを内心で思いながらも、時夫はなおも食べ続けた。

気づくと、すぐにビールの一本目がなくなっていた。

「取ってくる」

「あ、おれが取ってくるよ」

「いや。いい」

そう言って父親は立ち上がった。台所へ歩み始めた背中が見える。もう七十になるというのに、十年前の定年当時より、はるかに背中の筋肉に張りが出たように思う。

葉生姜に戻って齧りついた。やはり陶然としてしまうほどに美味い。これが父親が作りたかった味なのだろうと、自分の舌の先で実感する。そしてこの十年、これらの味を作るために環境を整備するところから、地道に努力を続けてきた。

不意に目頭が熱くなった。

うっ、と思ったときには両目が潤んできた。

自分の人生。自分なりに懸命にやってきたつもりだ。好きなことを仕事にして、これまでの生き方にも納得はしている。

だからこそ仕事にも心底打ち込めたし、就職先に迷っていた後輩たちにも、

『いいからおれの会社に来いよ。いい職場だぜ』

と人事部宛《あて》にさかんに紹介状を書いた。

そして、その後輩たちが仕事の忙しさに音を上げそうになったときも、

『バカ野郎、これくらいの仕事量でなんだっ。紹介したおれの顔を潰《つぶ》すつもりか』

と逆に発破をかけていた。

だが、いつのころからかセネッシュを「おれの会社」と言えなくなってしまっていた自分がいた。「おれが今いる会社」あるいは「今の会社」としか言えないようになってしまっていた。

度重なる人員削減を突きつけられ、当然のように一人当たりがこなす仕事範囲は絶望的に増え、反比例して給料はどんどん安くなった。それでもセネッシュの業績は一向に上向く気配を見せない。挙句には、苦心惨憺《さんたん》して開発した8K液晶パネルは無用の長物になり果て、台湾の企業に吸収合併されようとしている。

『もうちょっと頑張ろうぜ』——。

そんな言葉は、口が裂けても言えなくなってしまった。

まあ、それでも自分のことはいい……。

周囲に今も残っている後輩に対して、時夫は悔恨とともに激しい呵責《かしやく》を感じる。大学院時代に可愛《かわい》がっていた後輩たち……あの時おれがあんなふうに誘わなかったら、彼らも今のような悲惨な現状に陥ることはなかったのだ。

懸命に仕事をしても報われるとは限らない。いや……結局のところ、この会社ではいくら仕事をしても、最終的には報われなかった。結局は幻想だったのだ。

父親が冷蔵庫からビールを取り出している。もうすぐ戻ってくる。見られるのは嫌だった。時夫は慌《あわ》てて目頭を両手で拭った。

「どうだ」

父親はビールを時夫の目の前に置きながら言った。

「雅美さんとは、うまくやっているのか」

ああ、と時夫は答えた。「いつも、良くしてくれている」

事実そうだ。今も在宅の仕事で月に十万以上の収入があるというのに、そしてそのほとんどのお金を家計に補充しているというのに、家事はすべて彼女がやっていた。

時夫が毎晩、仕事でくたくたになって帰ってきていることを分かっているからだ。

「ところで今日は、なんでおまえ一人なんだ」

「まあ……」

時夫は口ごもった。本当は、自分がセネッシュを辞めるべきか留まるべきかを、かつては同業種で技術者として働いていた父親に、よく似た生き方をした先達として聞いてみたかったのだ。そしてその場合、妻を同伴していると何かと言いにくい話もあるだろうと思い、一人でやってきた。

だが、こうして父親を目の前にすると、うまくその話を切り出せない。

「なんとなくだよ」

そう言って、ふたたびベーコンや茗荷などを無言で頬張り始めた。

父親も当然、セネッシュの現状はテレビや新聞でよく知っているだろう。かつて自分がいた業界の話でもあるから、無関心でもいられないはずだ。

しかし父は、時夫の仕事に対して、これまでアドバイスめいた意見を一度として口にしたことがない。いつもは妻を連れてきているせいもあるからかと思っていたが、どうやら今の様子を見ると、そういうことでもなさそうだ。

食べながら、ふと聞いてみた。

「これだけ美味かったら、やっぱり直売所でも、けっこう売れるの？」

「まあな」

「けっこう、お金も貯まる？」

「馬鹿《ばか》を言え」父親は、軽く笑った。「たかが三反百姓だぞ。食うのにだって、正直カツカツだ。天候にも左右されるし、貯金を切り崩す時だってある」

これには驚いた。思わず口を開きかけたが、先にまた父親が言った。

「でも、おれはそれでいい」

「え？」

「自分が納得のいくものを作る。そして、遠方からも客が来て、喜んで自分のものを買ってくれる」父親は言葉を続ける。「それで、いい」

でもさ、と思わず時夫は言った。

「親父さ、これだけ懸命にやってんのに、全然儲《もう》からないって……」

なんか納得が、いかなくないか——。

しかし、その言葉は呑《の》み込んだ。何故か父親を目の前にして言うのは、憚られた。

父親は、そら豆を片手に持ったまま、束の間うつむいていた。

しかしその様子は切ないものでもなく、ましてや鬱屈したものでもなく、どちらかと言えば無邪気な子どもの仕草のように思えた。

「おれは、おれの時代しか生きられないさ」

不意に、父親が言った。

「たぶん時代ってのは、生き方のことだ。だから、いくら親子でも、いくら同じような仕事をしてきても、おまえの考えていることが充分に理解できるとは思わない。おまえにも、おれの生き方は完全には分からないだろう」

そこまで言って、そら豆を口に放り込んだ。もぐもぐと口を動かし、やがていかにも満足そうに呑み込んだ。

時夫はそんな父親をじっと見た。次の言葉を待っていた。

「まだ、聞きたいか」

父親がそう言った。

「うん」

時夫はうなずいた。

「まあ、おまえの置かれた立場も状況も、おれなりには推測しているつもりだ。厳しい状況だろう。今日おまえが雅美さんを連れずに一人で来たのだって、おれに何か仕事や会社のことで話したいことがあるからだろう。でもおれに、具体的なアドバイスはできない。おれは今、おれの思っていることを言えるだけだ。それでも、聞きたいか」

「……うん」

もう一度時夫がうなずくと、しばらく黙り込んでから父親は口を開いた。

「……なんというか、モノを作るってのは、基本的にその労力のわりには報われることの少ない仕事だろう。特にこの日本では、そうだ」

――ん？

「でもだからこそ、かつては日本製品が世界を席巻《せっけん》した時代もあったと思っている」

言っている意味が、分からなかった。

「どういうこと？」

「ようは、こういうことだ」父親は言った。「すでにおれが社会人だった一九七〇年ごろには、日本は世界で第二位の経済大国だと言われていた。少なくとも表面的にはそうだ。当然、他国に比べて労働賃金も高かった。でもそんな人件費の高い国で、どうして安価で優良な製品が作れるのか？——これは、世界中の人間が不思議に思っていたことだ」

でもそれはさ、とつい時夫は言った。

「それは親父たちの世代が、脇目もふらずに懸命に働いてきたからじゃない？」

すると父親は苦笑した。

「おまえたちだって、そうだろう。サービス残業や休日出勤も当たり前にこなしてきたろう。懸命に働いたのは、なにもおれたちの世代だけじゃない」

これには思わず言葉に詰まった。

「変ったのは、たぶん意識だ。その製品が生まれた時にイメージできる、使う自分への憧れの気持ちだ。おまえ今、８Ｋのテレビを作っているな？」

「……ああ」

「じゃあおまえ、その８Ｋのテレビが市場に出回った時、是が非にでも欲しいか？」

再び言葉に詰まる。何も答えられなくなる。

「おれは、自分の作っているテレビが欲しかった」父親は言った。「つまり本質は、そういうことだろう。本来は憧れから始まるはずの研究が、同じ方向性、延長線上の、単なる優位性、技術競争のための研究になっている」

時夫には、何も言えない。

「何も電化製品だけじゃない。自動車、バイク。そんなものにも言える。世の中からモノに憧れる気持ちがなくなっている。憧れの気持ちから、どうしても欲しいと思えるモノがなくなっている。モノは所詮《しょせん》モノ。でもある意味、それは成熟した健全な社会だとも思う」

父親は、いつになく饒舌《じょうぜつ》だった。

しかし、時夫には依然としてその話の行き先が見えない。

父親の話は続いた。

「時夫、おれの実家は氷見《ひみ》だよな」

そう、分かりきったことを言った。富山県の氷見のことだ。

「東京に出てきた時、こっちの食べ物はなんて不味《まず》いんだろうと思った。いつかは、おれが納得できる味を食べたいと思った。しかし、本当に納得できるものを食べるには、最終的にはイチから自分で作るしかない。それが今、おれが求めているものだ。金じゃない。金は必要だが、それ以上に自分の満足を買っている」

「……」

「言っている意味、分かるか。たぶんそれが、本当に報われるってことだ。自分が求めるものを作る。あるいは、誰かが切実に求めている物を作る。市場の大きさなんて関係ない。ニッチでもいいし、夢物語のようなものであってもいい。こんなものがあったらいいな。そんなものを作る。そして人に喜ばれる。それが、本当に報われるってことだろう」

そう言って父親は、皿の上から一本の葉生姜を取った。

「大事なことはなんだ。会社に残ることか。それとも次の就職先を探すことか。食うための仕事を探すことか。たぶん違う。そんなレベルじゃ、人は本当には生きられない。食うためだけに仕事をする人間は、いつの時代だって結局その仕事からは、永久に報われることはない」

そう言って、葉生姜を時夫の目の前で揺らした。

3

父の元を訪れてから、ちょうど十日が経《た》った。

その間に、もう一度会社での面接があった。

村上とか言う面接官は、前回に続いてソフトな対応だった。相変わらず圧迫面接もなく、退職誘導もなかった。

最後に村上は、辞めるも辞めないも、あなた次第です、と語った。

「これはまた、御社の方針でもあります。給料などの条件面は明らかに落ちますが、それでもよろしければ、ここまで共に頑張ってきた方々の意思を、最大限に尊重したいとのことです」

……しかし、と時夫は思う。

会社に残っても、今のおれに出来る仕事は何もないではないか――。

今、時夫は会社から帰り、スーツを脱いでいる。姿見に自分の姿が映っている。

ここ一週間ほど、妙にその姿見が気になる。いや……その中の自分が気になる。いや。やはり自分ではない。でも、何かが気になる。

時夫は、意外に服装に気を使う。スーツの色とネクタイ、そしてシャツの色の組み合わせに、毎朝多少の時間を使う。数日に一回は、その取り合わせが気に入らず、タイやシャツを換えたりする。正直言って面倒くさいが、それでも気に入らない服装で会社に行くと、なんだか一日中落ち着かない気分になるから、結局は仕方なく取り替える。

「……」

たぶんその自分の行動の中に、気になるポイントがある。

ともかくも着替え終わり、リビングに行った。

食卓のテーブルの上に、雅美のパソコンが置いてある。画面が開けっ放しだ。

「ごめんねー、今、片付けるから」

そう、キッチン越しに雅美が声をかけてくる。フライパンで炒《いた》め物を作っている。

「あ、いいよ。食べる時で」

気楽に答えながら、椅子《いす》に座る。何気なく画面を覗《のぞ》き込んだ。箪笥《たんす》やベッドや、スタンドライト、サーキュレーター、椅子などが見える。

「これ、何のホームページ？」

何気なく聞いてみた。

「家具メーカーよ」雅美はなおも背中で返事をする。「家具や生活器具の世界って、なんだか景気がいいみたい。というか、あまり好不況の波を受けないのかもね」

ふうん、と思う。

内需がメインの産業だからだろうな、と感じる。そして家具も所詮は耐久財だ。自然、何十年か経てば買い換えざるを得ないから、業界としての景気が安定しているのだろうと思う。

そういえば最近、ニュースでもよく見る。アイリスオーヤマやイトーキ、良品生活や大塚家具など大手の生活器具および家具メーカーが、さかんに技術者の中途採用をやっている。そして特に、電機メーカーからの転職者《キャリア》を高待遇で募集している。

何故《なぜ》なら、これら大手のメーカーになると、小さな電機メーカーも顔負けの開発部隊を持っているからだ。シーリングライト、掃除機、ＩＨ調理器や電球や壁掛け時計。現在ではそういったものも自社開発して、もともとの電機メーカーのシェアを奪いつつもある。通常の電機メーカーが手を出さない、小売店や飲み屋などの店舗の業務用器具、法人用器具なども、オーダー品として請けているらしい。

ん？

待てよ——。

業務用？　オーダー品？？

何かが繋《つな》がる。

鏡……姿見。業務用。小売店……。

あっ。

「雅美っ、ちょっとパソコン借りていい？」

言った時にはもう、パソコンに齧りついていた。まずは生活器具メーカーの同業他社一覧のページを探し出した。大手の順から、どんどん会社のホームページを開いていく。予想通り、その半数ほどの企業が採用情報ページを載せている。

ふむ。

次いで、その採用情報欄を企業ごとにしらみつぶしに当たっていく。

二件目で見つけた。四件目、七件目でも見つけた。やはり、ある。様々な業務用器具の企画提案を、その人材募集の段階から受け付けている。

よしっ——時夫は思わず心の中で叫ぶ。

よしよーし。

画面を切り替え、ワードの機能を呼び出す。一気に企画書を書き始めた。

これだ、と思う。

高性能カメラと、その画像を処理するPC上のメモリー容量……これは、現在の市場に溢《あふ》れている性能レベルでも問題ない。そしてこの上に8Kの映像技術さえ乗っかれば、間違いなくどこかのメーカーは飛びつくはずだ。

4

蒔田時夫が面接室に入ってきた。

瞬間、あれ？　と真介は思った。その顔が、妙に明るい。

吹っ切れたな、と直感した。あるいは何かを見つけた。

案の定、着座するなり蒔田は言った。

「いろいろ考えましたが、退職の方向で行きたいと思います」

そう、すんなりと言い切った。

真介はその滑らかさに吸い込まれるように、つい聞いてしまった。

「見つかったのですね」

「はい？」

「自分の中での、次の方向性が」

蒔田は、はっきりとうなずいた。

「一気に、道が開けたような感じです」

「具体的に、ですか？」

「もちろん具体的に、そして明確に、です」

だが、真介の立場としては、それ以上突っ込んで質問するのは憚られた。

「それは、よかったです」

そう、敢《あ》えて淡々と言った。すると蒔田は、真介の前で初めて微笑《ほほえ》んだ。

「ありがとうございます」

「いえ――おめでとうございます」

蒔田は、再び笑った。

「では、これで失礼します」

そう言って、わずか一分少々で、面接室を出て行った。

「いいなあ」

不意に川田が独り言のようにつぶやいた。

「あんなふうに、颯爽《さっそう》としちゃって」

真介も笑った。

「ブレイクスルーって、やつじゃない」

「なんですか、それ？」

「たとえば昔、ソニーがウォークマンを発明した時や、アップルがアイフォーンを世に出した時のようなこと」真介は言った。「何かを思いついて、一気にそれまでの世界を変える。文化も変える。その、個人レベル」

しかし、それに対する川田の答えがふるっていた。

「へえ、ウォークマンって、もとはソニーが作ったんですか」

歳《とし》の差だ。世代の差だ。真介はまた、苦笑した。

5

その一ヶ月後、時夫は面接室にいた。目の前に、採用担当の五人の重役がいる。

「蒔田さん、ですね」

挨拶《あいさつ》が済むなり、重役の一人がいきなり用件に入ってきた。

「あなたの提案書、読ませていただきました。いや、実に興味深い」

「ありがとうございます」

さらに別の重役が口を開く。

「しかしこれ、本当にすぐに実用化が可能ですか。値段も、大手のコスメショップや高級ヘアサロン、百貨店やアパレル小売店などが買うとして、妥当なところに収まるでしょうか」

「大丈夫です」時夫は静かに、しかし力強くうなずいた。「まずはコスメショップとヘアサロン用から始めます。首から上が映し出されるくらいの、十四型ほどの８Ｋの画面を作る……これなら、値段も張らずに済みます」

ですが、となおもその重役は不安そうに口を開く。「本当に、その画面に映る自分は、鏡を覗き込んだときのように実物そのものに見えるんでしょうか」

大丈夫です、と時夫は今度も確信を持って繰り返した。「あとは、それを映し出すカメラの性能と、ＰＣの画像処理技術の問題だけですが、これも既存の技術を応用するだけでなんとかなります。カメラでお客様の顔を映し出し、ＰＣ上で髪なら髪のカラーリング、口紅なら口紅、アイシャドウならアイシャドウの部分の、色変えの画像処理を行います。微妙に色合いを変えるのも、がらりと色変えをするのも、その組み合わせの操作も、パソコンのキーひとつで自由自在です。そしてその部分を、顔のカメラアングルが変ると同時に、瞬時に映像が追うようなプログラムを組みます。これで立体的に、しかも出来上がり後のイメージを、その動きを含めて、施術前からお客様に確実に伝えることが出来ます」

言いながらも、ますます確信を深める。

出来上がり後のイメージが、完全に顧客に伝わるのだ。しかも動的に、だ。芸能人やモデルや、夜の商売の女性たち。そして彼らや彼女たちは、実は正面からの顔映りよりも、むしろ横顔や斜め横からの自分の顔の見え方に気を配ると聞いたことがある。これにも、カメラアングルを変えるだけで、瞬時に対応できる。だから、その手の顧客を多く抱えた業界なら、いくら高くても飛ぶように売れるだろう。すると当然、巷《ちまた》の流行がそちらに靡《なび》いていくように、素人《しろうと》もそれに追随する。

そこまでを詳しく説明したあと、さらに言葉を続けた。

「同じようにして、画面を拡大して姿見程度まで細長く作れば、アパレル業界にも転用できます。上下の服の色替えも組み合わせも、これまたパソコンのキーひとつで自由自在です」

つまり、とさらに言葉を続けた。

「一つ一つの小売店にとっては、色味の比較のための無駄な在庫を抱える必要がなくなるということです。画面上で顧客が自分に映える気に入った色を見つけたら、即座にそれをメーカーから送ってもらえばいいのです。そして、それを顧客の都合のいい日に取りに来てもらう——いわば、トヨタが始めたジャスト・イン・タイム方式です。バックヤードの在庫スペースも、このやり方なら大幅に縮小できるでしょう。店舗の維持費も長期的に見れば、圧倒的に安くなります。またこれは、コスメとヘアサロンについても言えますが、客寄せとしての話題も充分です。あるいは希望的な観測ですが、これらの業態自体を、大きく変える役割を果たすかもしれません」

おお、と目の前の重役すべてから、歓声が上がった。

やったね、と思わず時夫は内心でほくそ笑む。おれ、やったよ雅美。

実を言うと、時夫が思いついたのは、アパレル業界の姿見の件だけだった。企画書を打っている途中で、コスメとヘアサロン業界でのアイデアを出してきたのは、妻の雅美だ。

「だってさ、女も男も、まず見るのは顔でしょ。特に女は、自分の顔や髪型がどう化けるかに、一番関心があると思うよ」

やったね、雅美――。

確かな技術と、それを下支《したざさ》えする誇り。こんなものが世にあったら本当に楽しいだろうなと、夢想する情熱。そして、そんな自分を理解してくれる伴侶《はんりょ》。

メイド・イン・ジャパン。

File 3. さざなみの王国

むかし昔、ある山里の近くに、大きな河原がありました。

遥《はる》か遠くの山に水源を発する、清流です。

少女は、その河原の景色が好きでした。大きな石や小さな石ころ、白い石ころや、緑色や赤みがかった石ころなど、たくさんのいろんな石が無数に転がっています。ちょうど、澄み切った夜空に見える、満天の星のように感じます。

あるとき、少女は気になる石を見つけました。試しに川の中に浸《つ》けて磨いてみると、乳白色をしたとてもきれいな石でした。ところどころ透明な部分が、ピカピカと光り輝いていました。その美しさに、彼女は思わずうっとりとしました。

村のみんなにも見せたい。

ごく自然に、そう思いました。

でも石は、意外に重かったのです。それでも暑い日差しの中を、少女は石を両手に抱えるようにして、せっせと村まで運んで行きました。

背中にも額にも汗がダラダラと流れました。腰も痛いです。それでも彼女は諦《あきら》めることなく、ついに村まで辿《たど》り着きました。

みんなにも見せたい。知ってもらいたい。みんなの喜ぶ顔が見たい。

その一心です。

その石は数百年が経《た》った今、御神体として村の神社に祭られています。

でも少女の名は、伝わっていません。

1

真介は今、面接室にいる。先日の山下との会話を、ぼんやりと思い出している。

陽子を伴った三人で、四川《しせん》料理屋で飯を食っていた。

ひとしきり馬鹿話《ばかばなし》が盛り上がったあと、高校時代からの友人である山下が、ポツリとつぶやくように言った。

「しかしまあ、おれも、そろそろ潮時かなあ……」

おや？

このいつも陽気で精力的な男にしては珍しく、しんみりとした口調だった。そのつぶやきの内容の続きも、さらに気になる。

真介は陽子と顔を見合わせた。

「ジャパン・キャピタル」というファンド会社に勤めているこの男の年収は、三千二百万……真介のざっと四倍だ。

「仕事、やっぱりもらう金額なりに大変なのか」

山下は苦笑した。

「大変なのは勤めだした頃からずっとさ。変らない」

「じゃあ、何が問題なんだ？」

「……世間的に見ればおれたちの業種なんて、ハゲタカ扱いされることもある。けど、まあ、おれはおれなりに、自分の仕事の社会的な意義は見つめながらやってきたつもりなんだよなあ」

この男から、こんなボヤキの言葉を聞くなど、滅多にないことだ。真介は興味をそそられ、相槌《あいづち》を打った。

「ほう？」

山下も釣られたようにうなずいた。

「ここ一、二年ほどのおれたちの仕事は、ますます目先の利潤を追うほうへ傾いてきている。でもさ、人間って食べていく金は必要だけど、金だけじゃ、やっぱり生きられないよな」

「人間？」

そう問い返したのは、そこまで一般化していいものか、ふと疑問に思ったからだ。金のためだけに仕事をする人間は、世の中にたくさんいる。しかし、それが間違いだとも思わない。そういう人間がいるからこそ、経済が廻っている部分もある。

すると山下は言い直した。

「少なくともおれは、そうらしい」

続く山下の話によれば、こうだった。

十年ほど前までの日本なら、企業の合併や再構築の話などは――それが長い目で見れば、会社同士やそこにいる社員にとってメリットになることだとは分かっていても――まだまだ社会慣習的に活発な段階ではなかった。逆に言えば、だからこそ山下たちのファンドも、相手にとっても自分たちにとっても利益になる企業の再構築を行うことが、まだ出来ていたのだという。

かつて、情報は新聞やテレビのニュースから一方的に提示されるものでしかなかったと、山下は言う。しかし、時代の潮目はサイコロの目のようにくるくると変るものだ。特に二十一世紀に入ってからはインターネットが爆発的に普及し、ブログ、ユーチューブ、ツイッター、フェイスブックなどからも気軽に情報発信が出来るようになって、社会での情報の共有化がますます進んだ。

さらに山下はこう語った。

多少でも歴史と経済の相関関係を齧《かじ》ったものなら、常識として知っている、と。この国でも応仁の乱以降の戦国時代に、さかんに人的な流動化が起こり、新興勢力が勃興《ぼっこう》し、古い制度や枠組みの中で生きていた人間が見る間に没落していったのは、実はこの室町後期に農業生産力が飛躍的に騰《あ》がり、余剰米が世の中に溢《あふ》れ始めたからだ。そしてこの余剰米は、交換や備蓄の手段にとどまらず、庶民にも貨幣の普及を促す。つまりは貨幣の流動化だ。そして必然、貨幣経済は「個人」の芽生えをも促す。

それと同じことが「情報」についても言えるのだ、と。

何故《なぜ》なら、貨幣の本質が運動《ヽヽ》——つまりは、社会の中でモノに交換されることがなければ紙切れ同然である——であることと同じように、情報の本質も運動《ヽヽ》だからだ。

いや、貨幣よりも社会に対する運動性は、はるかに広範囲で高い。貨幣なら死ぬまでこっそりと溜《た》め込むことも可能だが、情報はその性質上、必ずどこかの時点で、個人あるいは組織や社会にとって最も有効なタイミングで公開され、人の間に広まることを前提としている。つまりは運動だ。感染力の強い細菌のようなものだ。

「その情報の運動性が、今の社会をこんなにも流動化させている。人も動き、組織の体制も雇用形態も動き続ける。常に変質する。情報を売り物にしてきた旅行代理店やコンサルティング業界の不振、製造業の国内空洞化……個人の場合でも、転職者や非正規雇用者の割合がどんどん増えていくのは、あながち不景気だけのせいじゃない。不景気は、本質じゃない」

さすがに、と真介は密《ひそ》かに感心した。この男もこの男なりに、今の社会の本質を見ている。

でも、と陽子が口を挟んできた。

「その社会の流動化が、山下くんの仕事に、どう関係してくるの？」

「つまり、こういうことか」真介は自分の考えを問いかけた。「情報の共有化を進めた企業同士が、それがお互いにメリットのあることだと分かれば、第三者が半ば強制的に音頭を取らなくても、ごく自然に合併や吸収に動いていくということかな？」

果たして山下はうなずいた。

「実際、今の家電や自動車メーカーは、すでにそうなっている。おれが昔いた銀行業界では、もう二十年も前からそうだった」

だから、とさらに山下は言葉を続けた。

「おれたちの仕事は、敢《あ》えて社会からは必要とされない段階に入ってきているのかも知れない。それを、肌で感じる」

「で、どうするんだ」ややためらいながらも、真介は聞いた。「辞めるのか」

「まだ分からん」山下は答えた。「分からんが、そういう選択肢もある。企業の資産を切り売りして利潤を上げるだけってのは、どうもな……それこそハゲタカだ。虚《むな》しくもある。社内での新規事業の提案も含めて、ぼちぼち考えておく必要がある」


ふとそんな先日のやり取りを思い出したのは、今回のクライアントが、全国展開をしている準大手の書店だということもあるかもしれない。

インターネット、つまりは「情報」の普及で大打撃を受けた業界は、旅行代理店や中堅以下の総合商社、音楽業界などいろいろあるが、出版業界と並んで本屋もまたそのひとつだ。紙媒体を読まなくても、ネットやＳＮＳから必要な情報や個人同士のネットワーク情報を簡単に収集することが出来る時代になったからだ。文芸書の不振はこの四半世紀ずっとらしいが、その他の雑誌や新書系の落ち込みは、ネットが普及してからというもの、さらに凄《すさ》まじいらしい。

あるいは、と考える。

もっと根本的な部分を考えれば、昔から巷《ちまた》でもよく言われていたように、高度成長期以降、インド系の娯楽というものが本だけでなくなったことも大きいだろう。

事前の社内会議で、高橋が説明していた。

二十年来の長引く出版不況にも拘《かか》わらず、逆に年間に出る本の点数は増え続けているという。しかもその数字を聞いた時、真介ら社員たちは、思わず驚きの溜息《ためいき》を洩《も》らした。

現時点で、二百点を超える書籍が、日々出版され続けているらしい。年間に直すと、約八万点だ。恐るべき点数だ。そして、その膨大な数の本が市場に出ては消え、出ては消えを繰り返している。ちなみにこの出版点数は、三十年前の一九八五年には、三万六千点だったらしいから、倍以上の伸び率だ。

「逆に言えば、出版不況でどこの出版社も売り上げに苦しんでいるからこそ、『下手な鉄砲も数撃ちゃ』式の物量作戦で、点数を増やして売り上げを伸ばすしかやり方がないというのが現状らしい。だが、その発行にかかる費用が、逆に利潤を圧迫し続けているという悪循環もある」

出版社のことはともかく、それを売る現場の書店のほうも圧倒的な出版点数の洪水に晒《さら》されている。特に巨大な書店になると、毎月六千点が出ては消え、その搬入、陳列、搬出に伴う現場販売員の労力は、並大抵なものではないという。

本というのは、それがまとまった束になると、とてつもなく重いものらしい。梱包《こんぽう》されて送られてくる本を日々持ち上げたり運んだりしているうちに、書店員はけっこうな割合で慢性的な腰痛を抱える。相当に重労働の仕事でもある。

書店員は、いわゆる販売員として括《くく》られる業種に属する。世間一般の販売員の給料が決して高くないように、書店員の給料もそんなには高くない。むしろ、その重労働を考えれば圧倒的に安い。

さらに現場での雇用形態は、正社員が四割、契約社員が三割、アルバイトが三割というところが、平均の分布らしい。

ふむ——。

今回のクライアント、「公文《こうぶん》書店」は、全国に二十八店舗を展開する準大手の本屋だ。が、長引く出版界の不振や電子書籍の普及などで、店舗縮小を余儀なくされた。

真介は、午後イチのファイルに目を通し始めた。

佐久間《さくま》香織《かおり》、とある。

三十三歳。独身。「公文書店」の、横浜みなとみらい店勤務。

横浜市の西部にある瀬谷区内の町で生まれ、現在も実家から通っている。

地元の公立高校を卒業後、都内の文京区にある東邦女子短期大学に進む。ちなみにこの短大は一九二一年に創立され、かつては東京六短大の一つとして、企業での事務職などを志す女子にはかなりの人気があったらしい。だが、雇用枠としての短大ニーズの減少により、二〇〇六年に東邦国際大学という四年制の総合大学へと全面改組される。つまりは名門ながらも、時代の趨勢《すうせい》と共に消滅した短期大学の一つということも出来る。

「……」

真介はそこで、佐久間香織の顔写真を見る。

鼻筋が通った、整った顔立ちをしている。栗色のショートカット。顔の輪郭もきれいな卵型だ。美人と言っていい。けっこう賢そうでもある。

が、なんと言えばいいのか、写真から受ける印象は非常に硬い。口元も必要以上に引き締まり、その顔立ちには、生真面目《きまじめ》かつ内気そうな女性だという他に、それ以上の個性が感じられない。

そこに、微妙な違和感を覚える。

真介は思う。普通、これぐらいのレベルの綺麗《きれい》な顔立ちをしていれば――うまく表現するのが難しいのだが――特に女性の場合なら、良くも悪くも、もっと自分に自信を持った顔つきになるものだ。悪い場合はもっと我が出た、鼻っ柱の強そうな顔つきになり、いい場合は、非常に社交的かつ柔らかな印象を受ける顔つきになることが多い。

ちょうど横に座っている川田美代子から、いつもプリンかコンニャク並みの、ふにゃふにゃとした柔らかな印象を受けるように。

しかし、この佐久間香織からは、どちらの印象も受けない。ただ単に被写体として、雛《ひな》人形のような顔つきを晒しているだけだ。

真介がさかんに首を捻《ひね》っていると、川田美代子が笑った。

「でも、きれいな人ですよね」

と、この異常に察しのいい〝天然系の女〟は言った。

思わず真介はうなずく。しかし、きれいな、という言葉に反応したのではない。

「でも」という枕詞《まくらことば》が、やっぱり川田から見ても付くのだということに、激しく同意したからだ。

さらに、社会人になってからの履歴を見ていく。

短大卒業後すぐに、神奈川県で三店舗ほどを展開する書籍小売店に就職する。「小《お》俣《また》書店」という、いわゆる地元の本屋だ。これまたローカルな百貨店である「十字屋百貨店」に、テナントとして入っている店舗への配属だったという。

一年後、契約社員から正社員に昇格。この不景気の時代にこの早さでの昇格だから、仕事は出来たようだ。

しかし、三年後には退職する。原因は腰痛……。

その後、同百貨店内にある中規模のアパレルショップの店舗に再就職する。

人事部から聞いた個人情報によれば、どうやら辞めようとしていた彼女を、同じフロアーに入っていたアパレルショップの店長が、自らの店にリクルーティングしたらしい。

ありうるかもな、と真介は思う。

これくらいの顔立ちなら、まあその手のショップから引きが来てもおかしくはない。

ところで、この転職の件については「小俣書店」からも、それら店舗の大家でもあり管理側でもある「十字屋百貨店」からも文句は出ていない。事実、それからすんなりとそのアパレルショップで働き始めている。

元々この手のローカルな百貨店は、そんなに広くないフロアーに中小の雑多な店舗がひしめき合っている。共同で食事をする社食だけは百貨店であるだけに存在し、店舗を跨《また》いだスタッフ同士の交流もあったようだ。

この逸話は、彼女に対する何点かの示唆《しさ》を、真介に与えてくれる。

まず彼女が書店内だけではなく、百貨店の中でもその仕事ぶりを密かに評価されていただろうということ。さらには——おそらく——昼食の時などに、他業種のスタッフともいつの間にか円満な人間関係を築けるだけの性格であったこと、などだ。

だから、この写真の印象とは違い、意外に社交的な人間なのかもしれない。

そのアパレルショップに二年間勤めている間に、同じフロアーにあった「小俣書店」が潰《つぶ》れる。長引く出版不況と、大手の書籍小売店に客を奪われるカタチで、廃業となったらしい。

ちなみにこの佐久間香織は、このアパレルショップでも一年後に契約社員から正社員へと昇格している。やはり仕事は出来たのだ。

が、さらにそれから二年後に、また転職をしている。現在の「公文書店」の横浜みなとみらい店に、契約社員として入社する。在籍して二年後に、正社員となる。

何故だ、とここでふたたび疑問が起こる。

一度腰痛になって辞めたはずの本屋に、ふたたび就職している。しかも待遇はまた、契約社員からのやり直しだ……。

午後一時。時間になった。

真介はファイルを閉じる。デスクの上で軽く両手を組む。そのままの姿勢で十五秒ほど待つと、正面のドアからノックの音が弾《はじ》けた。

「はいっ、どうぞお入りください」

真介は声を上げる。

ドアノブが廻って、痩《や》せ型の女性がはいってきた。

――ん？

痩せ型、という言い方は適当ではない。むしろ、スタイルは非常にいい。手足の伸び方もモデルのようにすらりとしている。

「さ、どうぞこちらの席においでください」

そう言って、相手を目の前の椅子《いす》に誘導している間に気がつく。

その動作、姿勢、表情――あまりにもぎこちなさ過ぎるのだ。天井から糸で吊《つ》られた操り人形のように、妙に動きがカクカクしている。これでは、いくら見た目が良くても台無しだ。

ともかくも、佐久間香織は真介の目の前までやってきた。

「佐久間さんでいらっしゃいますね。本日はお忙しい中、恐れ入ります」真介はさらに言葉を続けた。「どうぞ、こちらの席にお座りください」

相手は激しくうなずいた。が、依然として口は開かない。

「では佐久間さん、まずはご挨拶《あいさつ》を。私が今回、あなたの面接を担当させていただきます村上と申します。よろしくお願いいたします」

またしても佐久間はうなずく。その顔が今度も、まるで鶏のようにびくん、と顎《あご》が下がったかと思うとすぐに元の位置に戻る。しかも無言のまま、一瞬の間を置いて、二度、三度と同じ動作を繰り返す。

内心、真介は呆気《あっけ》にとられる。

この激しい動き。そのうちに頸骨《けいこつ》がずれてしまうんじゃないだろうかと心配になる。これで本当に十年以上も接客業をやってきたのだろうか。

それでも真介の口はいつものように滑らかに回り続ける。

「さて、実際の面接に入る前に、コーヒーか何かお飲みになりますか」

たぶん、断る。

そう脳裏でちらりと感じる。そして、どういう断り方をするのかに興味があった。とにかくこの女は、自分の人生の岐路に立つ重大な局面で、先ほどから一度として口を開いていない。

が――。

危うく首を横に振りかけ、ようやく言葉を発した。

いえ、と言った。「だ、いじょうぶです」

妙に尻上《しりあ》がりの、その調子っ外れのトーンに、思わず笑い出しそうになる。相当に緊張しているようだ。

「では、さっそくですが本題に入らせていただきます。よろしいですか」

相手がかすかにうなずく。しかし、またしても言葉はない。

「すでにご存知かとは思いますが、現在の御社では店舗の統廃合に伴い、大幅な人員削減計画が進んでおります――」

あとはもう、考えなくても「公文書店」の現状とこれからの事業方針について、自然に言葉が口を衝いて出てくる。この一週間で、何度となく被面接者に繰り返し説明してきた一連の流れ……。

五分ほど話し続けた。

その間にも、佐久間はしきりにうなずき続ける。ちゃんと内容を聞いて理解しているのは、話をしている真介にも分かる。というのも、文脈が肝心なところへ来ると、彼女はさらに激しく首を縦に振るからだ。だが、相変わらず言葉は発しない。

一通り説明し終わってから、真介は聞いた。

「さて、これが御社の現状なのですが、今聞かれて、佐久間さん、改めてどう思われますか？」

敢えて、そう焦点をぼかした無責任な言い方をした。相手の反応を見たい。何か喋《しゃべ》らせたい。

通常、このような質問には、被面接者は戸惑うか、微《かす》かに苛立《いらだ》つかの、それぞれの人柄による反応を見せる。そして、その不安をつい口にする。その語りのニュアンスに滲《にじ》む人柄を知りたかった。

だが、相手は黙ったまま、もう一度うなずいただけだった。

真介もデスクの上で両手を組んだまま、負けずに黙っている。

すると相手は、しばらく微動だにしなかったあと、また、二度、三度とうなずいた。

これは、と再び真介も呆然《ぼうぜん》とする。

頑《かたく》な、と言っていいまでに、見事に口を開かない。

しかし不思議と不快感はない。なぜだろう。

束《つか》の間《ま》考えているうちに、真介は気づいた。その相槌のタイミングが絶妙なのだ。しかも表情も生真面目そのものなので、語っているこちらとしてみれば、非常によく話を聞いてもらって、かつ自分の意見を尊重されているような気分になる。さらには、そういう意味で言葉は交わさなくても、実際に会話をしているような錯覚に陥る。

真介は今、ある種の感慨さえ味わっていた。

喋りが肝心な自分の商売。むろん別の仕事でも言葉は大事だろう。人間は、その意思を通常は言葉によって伝える生き物だからだ。

が、ここまで言葉を使わずに、かろうじて対人関係を成り立たせることが出来るなどということは、真介も三十の後半まで生きてきて、初めて実感として知った。

そんなことを真介が考えている間にも、相手はまた、これ以外にはないというタイミングで、相槌を打ち続ける。

結局、真介のほうから口を開いた。

「ただ、このような現状を踏まえながらも、御社に残る道を選ばれるか、それとも辞める選択をされるのかは、むろん佐久間さん、あなたの自由意志であります」

すると、佐久間はまたはっきりとうなずく。釣られるように真介も話し続ける。

「ですから、いずれの道を採られるにせよ、その選択をされる際の情報は、多ければ多いほどいいと思われます。今から、そのいわば判断材料となる情報を、あなたにお話ししたいと思います」

続けて、会社に残った場合の、現行給与制度の変更（実質的な減額だが）、逆に希望退職に応じた場合に支払われる特別一時金、再就職支援制度、通常規定の五割増しで支払われる退職金の件などを、詳しく説明していった。

佐久間は、話の要所々々で、深いうなずきを次々に見せた。

「——以上になります。さらに詳しい説明は、面接後に資料をお渡しいたしますが、現時点で、何か疑問点やご質問はございますか」

またしても危うく首を動かしかけ、佐久間はようやく口を開いた。

「いえ」

まるで音声ガイドのような、妙に無機質な声だった。

何故か真介は不意に、次の言葉を失った。

いつもならここで、現時点での退職の意志の有無を、ある程度まで確認しておかなくてはならない。いわば見込みとしての希望退職者数を、この一次面接の終了時点で集計しなくてはならないからだ。

だが、目の前の女性は恐ろしく緊張した面持ちのまま、今も大きく瞳《ひとみ》を見開いて、真介の顔をじっと見つめ続けている。とても聞けたものではなかった。

それからすぐに、佐久間は部屋を出て行った。

結局、彼女の口からは最後までまとまった文脈が出てくることはなかった。異常なほどに人見知りだという以外には、何もその印象からは読み取れなかった。

不意に川田が笑った。

「なに？」

真介はつい振り向いた。

「いえ——」

と川田は言いながら、なおも笑った。

「独特の愛嬌《あいきょう》ありますよね。今の佐久間さん」

これには思わず真介も苦笑するしかなかった。

たしかにそうだ。普通、あれだけ無言でいられたら、対峙《たいじ》する相手は本当にやりきれない。そしてそのやりきれなさは、やがて相手への不快感や怒りへと変るだろう。

だが、彼女に関する限り、どうしてもそういうふうな悪意を持てない自分がいる。単に、困った子だなー、と仕方ない気分になっただけだ。さらには逆に、なんとかしてやりたい、とうっすらと思わないこともない。

つまりは、それが愛嬌ということなのか。

2

幼い頃から、両親には嘆かれっ放しだった。

「なんで、こんな子になっちゃったんだろう」

自分のことだ。

今も香織は、時おりその言葉を思い出す。

香織には、二つ違いの姉がいる。幼い頃から活発で外向的で、言いたいことはズバズバと口にする代わりに、自分が間違っていたときには素直に謝るような子どもだった。

「同じ育て方をしたはずなのに、なんでこんな子になっちゃったんだろう……」

そんな愚痴を両親が陰で言っているのを小耳に挟みながら、香織は大きくなった。

自宅。深夜一時。

香織は二階の自分の部屋にいて、まだ起きている。デスクに座って、ぼうっとしている。香織が小学校に上がった時に、両親が奮発して、かなり高い勉強机を買ってくれた。デスクの高さも椅子の高さも、成長するにつれて上げることができる。

階下の両親はもう、寝静まっている。

香織はデスクに座ったまま、少し笑った。

今となっては無理もなかったろうと、あの頃の両親に逆に同情したくなる。

それぐらい、どうしようもない子どもだった。たしかに家族の中の大問題児だった。特に対人関係への臆病《おくびょう》さや、食べるものの好き嫌いに関しては、もう病的なまでに激しい子どもだったらしい……。

香織の記憶にはないが、幼い頃は、なんでも喜んで食べる姉と違い、自分から好んで口に入れる食べ物は、わずかに三つだったという。

『キュウリ』と、『うどん』と、『ビオフェルミン』

とにかくキュウリをぼりぼりと齧らせ、素《す》うどんさえ与えておけば、ご機嫌な子どもだったという。両親が栄養面の偏《かたよ》りを心配し、それ以外のものを何とか食べさせようとしても、頑として口を閉じたまま、いやいやと首を振り続け、しまいには泣き出し、どうしても言うことを聞かなかったらしい。

当然、そんな偏食ばかりをしていれば、幼児は腹を下しがちになる。そんな時、両親はかならず『ビオフェルミン』を飲ませた。

これが、幼い香織の大のお気に入りになった。

乳酸菌の錠剤だから、当然のように甘く、舌にも優しい味がする。以来、お腹《なか》を下してもいないのに、食器棚の引き出しからたびたび『ビオフェルミン』をこっそりと持ち出し、苦労してその蓋《ふた》を開け、まるでお菓子でも頬張るように、ぼりぼりと食べるようになる。いくらダメだといわれても構わず食べるし、どこかに隠しても、幼い香織は必ず見つけ出してきて、気づけば、またせっせと食べていたようだ。

これまた、母親の嘆きの元となった。

「本当にもう、この子はなんて奴《やつ》なんだろう」

偏食ばかりを繰り返す香織は、当然のように四、五歳になってもガリガリの体型だった。対して二つ上の姉はいかにも健康そうにプリプリと太っていた。

顔つきも姉は母親譲り、香織は父親譲りで、まったく似ていない。誰が見ても姉妹とは思えなかった。そして香織は、相変わらず滅多に口を開かなかった。

五歳の時に、ペンキ屋のオジさんが家に来て、外壁の塗り替えをしていたことがあったそうだ。

香織には、そのときの記憶がまったくない。記憶はないが、長じてから母親に聞かされた。

香織はその当時、青や緑の服が好きで、ピンクや黄色の服は親が買ってやっても、滅多に着なかったらしい。

そのペンキ屋のオジさんは、庭で黙ったまま一人遊びをしていた香織のことを、その姿かたちから見て、どうやら男の子だと思っていた節がある。

ぼう、とオジさんは呼びかけた。「ペンキの傍で、遊んでいると危ないよ」

だが、少年と勘違いされていた香織は、このときも返事をしなかったらしい。

ぼう、とさらにオジさんは優しく繰り返した。「ペンキの缶から離れたところで遊びな。危ないよ」

と、何を思ったのか香織はすっくと立ち上がり、トコトコとペンキの缶に近づくと、いきなりその缶を頭上に持ち上げ、逆さにした。

じゃばぁーっ、
と頭から茶色いペンキを全身に被《かぶ》った。

これにはオジさんも腰を抜かした。家中が大騒ぎになった……。

よく、おしっこも洩らした。

とはいえ、寝小便ということではない。

香織は四歳から幼稚園に行っていた。が、どうしてもその幼稚園のトイレに行けなかった。というか、公共のトイレで用を足すということを、どうにも生理的に受け付けなかったのだ。知らない人も使うトイレ……ヤだ。絶対に、イヤだ。

だから、最初のうちは我慢に我慢を重ねた挙句、ついに午後になると、いつもパンツを短パンやスカートごと盛大に濡《ぬ》らしていた。

そんなことが何度も続いた結果、いつもそろそろだろうという頃になると、先生たちが寄ってきて、

「カオリちゃん、だいじょうぶ？」

「おしっこ、行きたくないの？」

「そろそろじゃないの？」

と、さかんに問いかけるようになった。

だが、香織は頑なに首を横に振った。

「だいじょうぶっ」

と、何故かそのときだけは、声を多少張り上げたらしい。

「心配は、ないよっ」と……。

が、内実は大丈夫でもなんでもなく、ただひたすらに、さらに小用を我慢しているだけだった。そして何度も念を押されていたにもかかわらず、相変わらず盛大に短パンやズボン、スカートを濡らした。

そのたびに結局は先生たちが、香織のパンツやズボン、スカートを手洗いして乾かすことになった。しかもそれが、ほとんど毎日続いた。

幼稚園に迎えに来る母親は、そのたびに先生たちに向って謝り、いっぽう、香織に対しては激怒した。

「母さんはね、恥ずかしいよっ」

そしてさらに、

「ホントにおまえは、なんてグウタラなんだっ」

香織は大人になった今も、よほど喉《のど》が渇かない限り、滅多に水分を取ることがない。トイレが近くなるからだ。今も商業ビルや百貨店に入っている共用トイレに入るのは、苦手だ。ましてや町の中や公園にある公衆トイレに入るなど、もってのほかだ。暗いし、不潔だし、いきなりどんな人が入ってくるかも分からない。それから、香織は今も、通勤に使っている電車の吊り革は摑《つか》めない。

そろそろ寝ようかと思い、デスクや天井のライトを消して、ベッドに潜り込む。

姉は八年ほど前に結婚した。今ではその旦那《だんな》と、同じ県内でアパートを借りて住んでいる。

家を出て行く日に、姉から軽く釘《くぎ》を刺された。

「あんたもさ、もういい大人なんだから、お父さんやお母さんに迷惑かけちゃ、駄目だよ」

そのとき、香織は二十五歳だった。

だが、姉から見ても子ども時代の香織の印象があまりにも強烈だったために、ついそういうことを言ったのだろう。

窓から街灯の光の差し込んでくる薄闇《うすやみ》の中で、ひとり笑う。

まるで、小学生に対するような言い方だったな、と思い出す。

記憶はふたたび幼い頃に戻る。小学校に上がる前の、六歳の頃だ。

幼稚園がない土日は、近所の子どもとも滅多に遊ばず、家に引きこもりがちだった香織は、しばしば親に強引に外に連れ出された。

子どもは、外で元気に遊ぶものだ。

そう、両親は信じていた節がある。現に香織の姉がそうだった。

近所の同じ年頃の子どもと遊ばせようと、親は町内にある公園に行こうとする。そのたびに香織は抵抗した。が、泣いて喚《わめ》いて抵抗するのではない。これまた無言で、公園が近くなると急に路上に座り込むのだ。

公園は自宅から少し遠い。もしトイレに行きたくなったとしても、自宅まで戻るのは無理だ。そして、公園の公衆トイレなんか、死んでも入りたくない。

おそらくは言葉に出していえば、そういうことだったのだろう。

が、まだその頃の香織には、そこまでの理屈は言えなかった。黙ったままアスファルトの上にしゃがみ込み、親からいくら諭されても、頑として動かない。

「公園は、行きたくない。家に、帰りたい」

それだけを、繰り返した。

両親は深い溜息をつき、結局その公園行きは、いつも自宅周辺の散歩へと変る。

しかしその散歩は、何故か記憶に残っていない。たぶん必死なとき以外は、いつもぼうっとしていたからだろう。

かつて、母親が苦笑しながら言ったことがある。

「ふっと横を見たらさ、いつの間にかあんたがいないの。慌《あわ》ててそこら辺りを探してみたら、側溝《そっこう》に落ちて仰向けになったまま、声も出さずにいたんだよ」

あるいは、ある暑い夏の日、暗くなってから父に散歩に連れ出された時のことだ。帰ってきて、父が母親に溜息をつきながらぼやいているのを聞いた。

「いやー。おれさ……さっき参ったよ」

「なんで？」

「香織の手を引いて歩いてたらさ、巡回中の警官に会ったんだ。『お嬢ちゃん、いいねー。お父さんとお散歩中？』――そしたらあいつ、うんともすんとも言わずに、ひたすら下を向いたまま黙り込んでいるじゃないか。警官からは真顔になって、『お父さん、この子は本当にあなたのお嬢さんなんですよね？』って念を押されるし……」

母親は、爆笑した。


小学校に上がっても極度に人見知りで、食べ物の好き嫌いが多い傾向は、多少は緩和されたというものの、基本的には相変わらずだった。

他所《よそ》のトイレに行かない癖だけは、小学校に行く前に両親から厳しく矯正された。離れの物置小屋の中におまるを設置され、学校に上がるまではそこで用を足すように厳命された。

なんてひどい親なんだろう、と子供心にも思った。

が、今となっては分かる。

小学校に上がっても、人前でおしっこを洩らす子ども……そんな子がもしいたら、クラス内では格好の、いじめやからかいの標的となるだろう。

それを両親は心配していたのだ。

が、小学校に上がってからも無口で人見知りな性癖は変わらずだった。友達もほとんど出来なかった。極度に内気で、頑ななまでに黙っている子ども。

やはり、いじめられた。小学校一年生の時は、特にひどかった。筆箱やノートを取り上げられたり、突き転ばされたりした。しかし不思議と泣かなかった。ただ黙って、ひたすらにそのいじめに耐えた。親にも言わなかった。

今にして思えば、自分のことながら、子供心にも相当に辛《つら》かったのだと分かる。

高校生のときだ。駅前で偶然、その当時に香織をいじめていた男の子と鉢合わせした。いじめのリーダー格だったその子は、小学二年生のときに転校していった。それでもその十六歳の顔に残る、かすかな面影を覚えていた。

香織は当時の恐怖に、思わず足が竦《すく》んだ。が、男の子は香織の顔さえ覚えていなかった。チラッとこちらを見ると、そのまま素通りしていっただけだ……。

いじめが学校で発覚したのは、小学校一年生の、秋の保護者面談の直前だった。教師から事の次第を聞かされ、母親はさすがに呆然としていた。

香織は、今もはっきりと覚えている。

学校からの帰路、母親は香織と手をつなぎながらも、終始無言でいた。てっきりまた叱《しか》られるのかと思っていたら、黙ったまま泣いていた。心底びっくりした。

父親は複雑な表情ながらも、それでも香織の頭を撫《な》でて言った。

「偉いぞ。よく泣かずに耐えたな」

ひどく褒められた。そして、こうも言った。

「弱いもののいじめをするような子には、絶対に香織はなるなよ」

大人になった時、母親からは改めて言われた。

「あんた、あのときは本当に偉かった。苛《いじ》められながらも、ちゃんと学校に行っていた。泣き言も言わなかった」

母親から心底褒められたのは、このときしか記憶にない。

幸いなことに、小学校の三年になる頃には、いつしかいじめも止《や》んでいた。僅《わず》かだが、友達も出来た。

残るは給食の時間の、食べ物の好き嫌いだけだったが、少しずつ苦手なものも食べられるようになった。

どうしても苦手なものは、

「これ、あげるよ」

と、周囲のクラスメイトに逆に恩に着せて、その食べ物が好きな相手に、皿ごと渡していた。

……ふふ。

ベッドに寝転んだまま、香織は笑う。

私は今日、売り場でも噂《うわさ》になっていたあの面接を受けたばかりだ。人生の二択になる、あの面接。なのに、そのことをほとんど考えていない自分がいる。

辞めるか、辞めないか。ちゃんと思案してみることは、とても大事なことだろう。でも、その大事な時に、どうでもいい子ども時代のことなんか思い出している自分がいる。

よく分からない。

私、やっぱり大人になっても変なのかもしれない。

まあいいや。とにかくまた来週、二回目の面接があるから、時間があるときに考えてみよう。

仕事以外の場面で素の自分に戻ると、初対面の相手には相変わらず極度に緊張する。何を喋っていいのか分からなくなる。舌が強張《こわば》り、言いたいことも言えない。挙句、さかんに首を振る。

中学時代に実に不名誉な、しかし今となっては、思い出してもつい笑ってしまう渾《あだ》名《な》を付けられた。

「うなずきコケシ」

クラスの中でも、親しくない人間とはほとんど口を利《き》かず、何を言われてもうなずくか、首を横に振るだけだったからだ。

だが、それでも昔のようにいじめられたり、渾名を悪質にからかわれたりということはなかった。部活動ではテニスをやっていて、放課後はコートの中で球を追うのに夢中になっていた。

香織は薄闇の中でまだ瞳を開いている。

今日の面接は例によって散々だった。ほとんど喋ることができなかった。でも、二回目なら多少は馴《な》れる。あの面接官にも、言いたいことは言えるようになるだろう。

もう、寝よう——。

どんな場合でも、そう決めたらすぐに入眠できるのが、自分では唯一《ゆいいつ》の取り柄だと思っている。本屋は重労働の職場でもある。肉体的な疲労は常に蓄積している。

香織は瞬《また》く間に眠りに落ちた。

3

正面のドアからノックの音が弾けた。

真介はつい隣の川田美代子と目を合わせる。お互いに少し笑う。

あの緊張しいの子だ。佐久間香織。

「はいっ。お入りください」

真介がそう答えると、佐久間が入室してきた。相変わらず、ギクシャクとした足取りでこちらに向って近づいてくる。

が、その途中で真介は気づいた。

その佐久間の表情。この前のようには強張っていない。その視線も——かろうじてだが——こちらを正面からちゃんと見てきている。

しばし挨拶を交わした後、真介は本題に入った。

それで佐久間さん、と切り出し始めた。「一度目の面接からほぼ一週間が経《た》ちましたが、ご自分なりにどうお考えになったかを、お伺いしても差し支えありませんか？」

佐久間は、黙ってうなずいた。

「では、単刀直入に、お聞きいたします」真介は可能な限り優しい口調と話法で言った。「佐久間さん、あなたは今の時点で、御社に残られるか去られるか、可能性はどちらのほうがより高いでしょう？」

佐久間は一度口を開きかけ、再びつぐみ、さらに口を開いた。

えー……っ。

第一声は、それだった。

「申し訳ないです。まだ、どちらとも答えが出ていないです」

ある程度は予測していた答えだった。

「そうですか」

真介はすかさずうなずいた。そして、この佐久間香織の履歴を思い出す。一瞬迷ったが、やはり聞いていた。

「佐久間さん、あなたはたしか書店には、一度辞めて、もう一度勤められているんですよね？」

「はい」

真介は半ば確信を持って、続けて聞いた。

「お好きなんですか、やはり書店でのお仕事が？」

しかし、反応は意外なものだった。

ちょっと首を横に振り、それから微かにうなずいた。

おいおい、と思わず内心で唸《うな》る。いったい、どっちなんだ。

束の間、お互いに黙っていた。

が、だんまり比べだと、真介より相手のほうがはるかに格上のようだった。

結局その沈黙に負け、真介はふたたび口を開いた。

「そうでも、ないんでしょうか？」

今度は、ようやく佐久間が答えた。

私は、と何故《なぜ》か最初の発音に力点を置いて話し始めた。「本は、好きです。ですが、本屋での仕事は、好き嫌いではなく、かなりハードです。以前に腰を痛めて辞めたこともあります。だから、純粋に好きだとは言えません」

そう、まるで機械のように正確な答え方をした。

なるほど、と真介は深くうなずく。

それに釣られたように、佐久間は再び口を開いた。

「ですから、一度は本屋を辞めて、アパレルの仕事に就きました。でも、やっぱり何か物足りなくて、もう一度今の本屋に就職をしました」

「そうですか」

そう相槌《あいづち》を打つと、何故か相手もここぞとばかりに激しくうなずき返してくる。そして、その首の振りが次第に小さくなりながらも、二度、三度と続けざまにうなずき続ける。

ようやく真介は悟る。

この執拗《しつよう》なまでのうなずきは、自らの言葉足らずの部分の、情動面からの補強の意味があるのだ。おそらくは言葉足らずな自分を、日ごろから痛いほど自覚している。それでも発する言葉以上の気持ちを、あたしは持っているのだ、ということを伝えたいのだ。

「つまり、こういうことですか？」

真介は敢《あ》えて言葉の意味を繰り返した。

「扱う商品は好きだが、労働形態自体は、そんなに気に入ってもいない……そういう意味も含めて、今はまだ迷っておられるということですね」

すると、佐久間は初めて安心したように、僅かに微笑《ほほえ》んだ。

「はい」

ふと真介は考える。

非常に内気なこの女性……しかし、この手の内気なタイプほど、その内面は、よく言えばその志向にこだわりがあり、悪く言えば頑固だということも知っている。

実際、たった今の正確無比な気持の表し方が、その片鱗《へんりん》をよく表わしている。自分の中の小さな宇宙を、幼い頃から大事に大事に育て上げてきている。

そしてその小宇宙に、他人が不用意に足を踏み込むことは絶対に許さないだろう。激しい拒否反応を示すか、控えめながらも敵意を見せるかも知れない。

そうなったらもう終わりだ。どんなことを言っても、訴えても、相手の耳には届かない。

ふむ。どうしたものやら……。

しばし決断もつかず、真介は相手に向って曖昧《あいまい》な微笑みを返した。

すると相手も、ややぎこちなく再び笑みを返す。

まあ、とようやく真介は口を開いた。

「どちらにされるにしても、あと一回、再来週に面接があります。そのときまでにご自身がよくお考えになって、結論を出していただければと思います」

はい、と佐久間はうなずく。

さらに真介は言葉を続けた。

「当然ですが、もし退職を希望なさらない場合でも、雇用の条件さえ呑《の》まれれば、そのまま会社に残ることが出来ます。指名解雇は、この日本では労働契約法によって制約されていますから」

佐久間はもう一度うなずいた。

結局、二回目の面接もそのまま要領を得ぬ形で終わった。

が、まあそれでもいいか、と思う自分がいる。

長年この仕事をしてきて、なんとなく見えてきたこと――。人の一生にかかわる問題を、自分の仕事の都合だけで誘導するような真似《まね》は、しないほうがいい。それがたとえ客観的に見て、会社にとっても本人にとっても絶対に退職したほうがいいような場合でも、だ。

何故なら、その判断はあくまでもそのときの現状判断でしかないからだ。

人間は、変っていく。勤めている会社も、時代が変ればその色合いを微妙に変えていくだろう。そして、その相互変化によって、お互いの関係性はさらに変っていく……時代の変遷《へんせん》が早い現代なら、なおさらだろう。真介の心持ちもまた、そうだ。

それに、と真介は内心で苦笑する。

出処進退は——その自己責任も含めて——本人が決めることだ。ましてや僅かしか関与しない他人が、誘導していいものではないだろう。

4

今日は休みだった。

休みはシフト制で、月に八回ほどある。土日に休みが重なる時もあれば、今日のように平日に休みが来ることもある。

香織としては、どちらでもいい。土日しか休めない勤め人の彼氏がいるのならまだしも、彼氏というものとは、ここ一年半ほどご無沙汰《ぶさた》だ。

だから、と言うわけでもないが、どうせ休むのならどこも混んでいない平日のほうがいい。気楽だ。

……あれ？

私、なんだか変なことを思ってる。

どこも混んでいない平日のほうが、休みはいい？

何を言っているんだ。どうせどこにも行かないじゃないか。

休日は、その前日までの疲労の蓄積で、たいがいの場合ぐったりと疲れきっている。挙句、朝の十時や十一時近くまで寝坊して、親からよく叱られる。朝食兼昼食を取った後は、また昼寝をすることもある。でもたいがいの場合、午後はベッドに寝転がって本を読んでいる。読むことに疲れると、飼い犬の散歩に出る。

本……いつ頃から読み始めたのだろう。

むろん、子どものころから出不精だった香織は、本はよく読んでいた。小学生の時は、親が買い与えてくれた「少年少女世界文学全集」という五十巻から成る長大な全集を、暇さえあれば読んでいたように思う。

中学に上がると、何故か学校生活が楽しくなった。テニス部に入って、放課後はその活動に夢中だったせいもある。次第に本からは遠ざかった。

しかしそんなに楽しかった部活も、三年に上がるとともに辞めた。

嫌なことがあったのだ。そして、納得できなかった。
一、二年生の頃、テニス部の上級生は、単に上級生というだけで威張っていた。よくある体育会系のノリだ。だからこそ逆に、香織たち下級生は、理不尽なことを言われた時も、お互いに慰め合い、励まし合っていた。そういう互助的な意味でとても仲が良く、団結していた。

「もしあたしたちが三年生になっても、ああいうことは下級生にしないようにしようね」

それが、みんなの合言葉だった。

だが、香織たちが三年生になると、やっぱりみんな、無意味に威張り散らし始めた。

「なに、あの一年の佐藤、ちょっと生意気じゃない？」

「やっぱ、もっと上級生の意見を聞くべきだろ」

「あのヤロ、今日も遅刻してきやがった。正座一時間だな」

みんな、自分たちが下級生だったころのことをすっかり忘れ、すぐに言いたい放題になった。威張り始めた。

「……」

子どものころからうっすらとある人間不信……どこかでそうなるかもしれない、とは予感していた。人間が集団になったときの嫌らしさは、身に沁《し》みて分かっていた。

だがそれでも、その変わり身の早さには、心底ウンザリした。

結局その年の五月に、香織はテニス部を辞めた。もう彼らと一緒に何かをしたいとは思わなくなっていた。

中断していた読書の習慣がふたたび始まったのは、この頃からだ。実家には、母の読み散らした文庫本が大量にあった。新聞広告などを見てどうしてもすぐに読みたい本があると、次第に自分でも買うようになった。

高校時代も暇さえあれば濫読《らんどく》を続け、短大に通い始めてからは、大多数の本を自分で買うようになった。

本……実に不思議な商品だと、香織は思う。実際に本屋で働くようになってからは、さらにその実感を持つようになった。

世の中に売られ、溢《あふ》れているありとあらゆる商品の中で、例えば、洋服や電化製品や自転車や、果ては音楽や絵画に比べても、その内容がちょっと見聞きしただけでは、ほとんど分からないからだ。

なるほど確かに題名や帯で、その筋立てや主題を、ある程度は知ることが出来る。でも、その内容が自分の好みに合うか、ないしはその文章の質感や雰囲気、書き手の世界観に読み手が感じるものがあるかどうかを知ることは出来ない。手にとって、その中身を実際に読んでみるまでは、誰にも分からない。

つまり、文章に表わされる感覚・世界観まで含めると、購買に至るまでの情報量が圧倒的に不足している商品でもある。

でも、と香織は思う。

本……。

本はいい。そのページを開けられない限り、本は何も教えてくれない。話しかけてこない。テレビや音楽とは違って、こちらが必要としなければ自己主張をしない。誰かを攻撃することも、うるさくがなり立てることもない。相手から求められない限り、ただ静かに、香織の本棚や書店に存在しているだけだ。

「ね、コウタ」

香織は歩きながらも、ついコウタに話しかけた。すると、リードに繋《つな》がれたまま横を歩いていたコウタは香織を見上げ、一声うぉん、と啼《な》いた。

ふふ。

コウタ。雑種の中型犬だ。色は茶色。香織が十九歳のときに拾ってきた。図書館の脇《わき》にあった小さな公園で、段ボール箱に入っていた。まだほんの赤ん坊だった。啼き声も弱り、おそらくは食べるものも飲むものも与えられず、衰弱して死にかけていた。家に抱いて連れ帰った。はたして両親は怒り出した。

「そんなもの拾ってきて、一体どうするつもりだ」

と父が言えば、

「さ、お母さんに渡しな。保健所に持っていくから」

と母も結論付けた。

香織は頑として拒んだ。

私が育てるから。食費も、自分のお小遣いの中で工面するから。

それでも両親は反対した。

まだ学生の分際で、何を言ってるんだ。

赤ん坊の時は、犬だって人の子どもだって、とても手間がかかるものなんだよっ。

それにおまえ、生き物なんだぞ。飽きたらポイっと捨てられるものじゃないんだ。

「大丈夫だよっ」ついに香織は叫んだ。「私が、ちゃんと責任を持って育てるから。散歩や三度の食事もちゃんと与えるから。短大なんか、辞めてもいいから」

この言葉に、ついに父親は激怒した。

「責任？」父親は、声を震わせていった。「おまえ、『責任』っていう言葉の意味が、分かっているのか。おれたちから貰《もら》っている小遣いで育てる？　仔犬《こいぬ》を育てるために、学校を辞める？　親から学費を出してもらっていて、しかも自分で選んだ学校を『短大なんか』って言い放つ。それが、おまえの言う責任かっ」

これには正直、言葉もなかった。甘えだ、と感じた。なんだかんだ言って、私は、やっぱり親の言うとおりだった。甘えっぱなしだ。

親に甘えている。甘えっぱなしだ。

それが実に情けなく、香織は泣き出した。それでも仔犬を再び捨てるのには忍びなく、自分の言ったことを謝りつつも、なんとか飼わせてもらえるように、何度もお願いした。頭を下げた。

父親が怒ったのも無理はない、と思う。責任……すねかじりの学生に、いったい何の責任が取れるというのか。

結局、両親は飼うことを許してくれた。

父親は、自分が短大に行くことに、あまりいい顔をしなかった。

「どうせ上の学校に行くのなら、多少無理して勉強しても、四大に進んでおいたほうがいいぞ」

「なんで？」

これに対する父親の答えは、しばらく間があった。

「就職でも、最近は短大と高卒の壁がなくなってきている。時代がもう、短大というものをあまり必要としなくなってきている」

そんなものなのか、と思った。

それでも香織は、それ以上受験勉強をするのが嫌で、短大に進んだ。

まったく私は甘い、と今でも思う。

短大なんか、辞める——。

そりゃ、父親が激怒するのも当然だ。

短大に入った後、父親にはこうも言われた。

「香織、短大ではよく遊んでおけよ。社会人になったら、自分で時間を見つけて遊ぶしかないんだからな」

その時はすんなりと納得したものの、後々その父親の真意を考えてみて、愕然《がくぜん》としたことがあった。

香織は高校時代、ずっと帰宅部だった。学校が終わると、クラスメイトたちともあまり遊ばずに、まっすぐに家に帰ってくる。そして夕方から、恒例の読書タイムが始まる。土日も誰かと遊びに出かける様子もない。彼氏もいない。小遣いはほとんど書籍代に消えている……そんな地味な生活をずっと送っている娘のことが、逆に父親は心配だったのだろう。

だいたい、年頃の娘に「あまり遊ぶなよ」と言う親はいても、「遊んでおけ」などという父親は、滅多にいないだろう。

そんなことまで父親に気を遣われている自分のことが、つくづく情けなくなった。ある意味、「たとえ遊びでもいいから、若いうちにもっと社交性を身に付けろ」と諭されているのも同然だった。

それでも香織は、短大時代もどこのサークルにも所属せず、授業が終わるとほとんどの場合、まっすぐに家に帰ってきていた。

ひとつには自宅からの通いで、都内の学校までの通学に時間がかかったせいもある。いや……でも、それはやっぱり言い訳だ。私は、入り組んだ人間関係に巻き込まれるかも知れないことが嫌だっただけだ。気を遣い、愛想笑いをし、挙句には気持ちを裏切られるかもしれない集団の中に、足を踏み入れたくなかっただけだ——。


コウタとの散歩から帰ったあと、午後四時から香織は自転車に乗って、市内にあるアパレルショップ「クロス・オン」に向い始めた。

メールでお誘いがあった。以前の同僚からだ。夏物のセールを始める前に、社員割引価格で好きな服を買っていいから、もし良かったら来ないか？　という内容だった。

「十字屋百貨店」は五年前に潰《つぶ》れてしまった。が、香織が勤めていたアパレルショップの店舗は、場所を変えて今も市内で営業している。

七月。夕暮れの前とはいえ、顔を撫でていく風はもう熱い。が、自転車の速度だから、汗が吹き出るというほどではない。

自転車をこぎながらも、不思議だなあ、と思うことがある。

学生時代の友達とは、もうすっかりご無沙汰になっている。五年に一度ほど開かれる同窓会などで顔を合わせる程度だ。二、三回は結婚式にも出たが、それっきりだ。

でも、社会人になってからの昔の同僚たちは違う。

最初に勤めた「小俣書店」……結局は潰れてしまったが、その元同僚との付き合いは、今も続いている。それぞれが違う職種や場所に勤めて、もう十年近くになるのに、今でも月に一、二度ほどは、その当時の誰かしらからメールがあり、三ヶ月に一度ぐらいは、誰かから誘われて、晩御飯を食べに行ったりしている。

今向っている「クロス・オン」の元同僚にしてもそうだ。

彼女も思い出したようにメールをくれるし、今でもたまに御飯を食べに行くし、こういうセールの直前には、必ず四割引の社員価格で服を買わせてくれる。当然、その売価からの利益はほぼゼロ――もし本社にでもバレようものなら、始末書モノだ。

「誰かがチクりでもしない限り、バレやしないよ」

と「クロス・オン」の元同僚は笑う。

「それにさ、私が買ったことにすればいいだけだし」

なんでだろう、と思う。

たいがいの人間は、学生時代の付き合いのほうが良かったと言う。

でも、それは私には当てはまらないみたいだ。

社会人になってからの元同僚のほうが今でも付き合いが濃厚だし、現に今日もこうして向っている。

そんなことを考えながら、商店街の外れにあるショップに着いた。

店頭に、明後日《あさって》からのクリアランス・セールの幟《のぼり》が立っている。その横のウィンドウには、丸文字手書きの可愛《かわい》いポスターが貼《は》り付けてある。

ふふ……。

再び昔のことを思い出す。手書き。習字。

小学校低学年の時に、親に初めて自発的に、習字教室に通いたい、と訴えたことがある。

姉が持ち帰った「習字・一等賞」の賞品だったケーキ……その小さなケーキが、とても美味《おい》しそうに見えた。でも、姉は分けてくれなかった。

これはね、と姉はさも自慢げに言った。『一等賞』を取った人だけがもらえるの。だから、あんたにはあげられない」

その言葉通り、香織がどんなにせがんでも、姉は（ふふん――）という表情で、しまいには二口、三口でペロリと食べてしまった。

意地悪だ、と思った。思わず姉を叩《たた》き、叩き返された。そのまま姉妹喧嘩《げんか》が始まった。

悔しさ半分、ケーキ食べたさも半分で、あたしも習字教室に通いたい、と泣きながら母親に訴えた。

が、母親は平然としたものだった。

ダメっ、と。

「あんたはどうせ、なんでも中途半端で投げ出すんだからっ」

それでも強引に我を押し通し、粘り続け、ついに習字教室に通ってもいいとのお許しが出た。

頑張って通った。半ば意地もある。このときだけは必死になって習字の練習をした。家に戻ってからも、鼻息を荒くしてしばしば練習した。たぶん、受験勉強のときよりも頑張ったと思う。

が——。

その三ヶ月後に賞品としてもらった、姉と同じケーキ……。

ぜんぜん美味しくなかった。

上手《うま》く言えない……上手く言えないが、なにか〝世間〟というものの大きな仕組みに、すっかり騙《だま》されていたような気がした。

目が覚めた、と感じた。挙句、

「もうあんなとこ、行きたくない」

と駄々をこねた。今思い出しても、その自分の所業には我ながら心底呆《あき》れるが、子どもの集りは学校だけでたくさんだと思っていた。

果たして母親は、カンカンになって怒り始めた。

「だからぁ、言わんこっちゃないっ。このバカっ」

「バカでもいい。やめていい？」

ダメっ、と母親は最初の時と同じ台詞《せりふ》を、今度はまったく逆の意味で使った。

「あんたにはちゃんと、この一年間は通ってもらう。嫌でも、通ってもらうっ」

そう、頑として譲らなかった。

結局、残りの九ヶ月は半ば強制的に通わされた。時にはママチャリの後ろに載せられて、連れて行かれたこともある。

そのときの心境は、まさに「ドナドナドーナ、ド〜ナ♪」の世界だった。自分勝手極まりない。

ふふ……。

やっぱり私は、とんでもない。お母さんが常々言っていたとおり、ロクでもない――。

店に入り、かつての同僚としばらく喋《しゃべ》った後、気に入った服を何点か見繕った。香織は試着はしない。サイズを見て、それでだいたい合うようなら、迷いもなく購入する。スーツもそうだ。それでも元アパレルの社員かと周囲からは呆れられるが、ほとんどの場合は、それでなんとかなるものだ。

というか、買うか買わないかも分からない商品に、自分の汗や皮脂を僅かにでも付けるのは、昔から嫌だった。

結局はトップスを四点ほど買い、店を出た。その時点で六時半を過ぎていた。

そのまま近所の「カフェ・ベローチェ」へと入り、アイスコーヒーを頼む。Mサイズだと、二百十円しかしない。とても安い。しばしの待ち合わせには、ちょうどいい。

元同僚の彼女から言われていた。

「あたしさ、今日は早番だから、よかったらこの後、飲みに行かない？」

名前は、アキラ。加藤アキラ。下の名前がどういう字だったかは、忘れた……あるいは最初に聞きそびれて、店を辞める時まで一度も聞いていなかったのかも知れない。ともかくもそのアキラが、遅くても七時半までには店を上がれるといっていた。

「おまたせーっ」

そう言って彼女が入ってきたのが、七時を十五分ほど過ぎた頃だった。

「ゴメンね。待った？」

こんな時、未《いま》だに香織はうまい受け答えが咄嗟《とっさ》に出来ない。そんなことないよ、とか、私も他の店に寄ってて、さっき着いたばかり、とか、そういう気遣いの方便だ。

「うん。四十分ぐらい」

すると、途端にアキラはゲラゲラと笑った。

「まったく香織は、相変わらずだねえ」

会話もそこそこに、複合ビルの四階に入っている居酒屋へと向う。

店に入り、奥の四人掛けのテーブルに二人で陣取り、まずはビールで乾杯する。

「さ、今もお互い、最前線のソルジャーな我らに」

これには思わず香織も笑い、ガチャガチャとジョッキを合わせた。

摘《つま》みを適当に四、五品頼んだあと、アキラはふと真面目《まじめ》な顔になった。

「でも香織も、なんだかんだでよく続いているね。販売職、というか接客業」

確かにそうだ、と我ながら思う。

私が本屋に就職したのは、もちろん本が好きだからだが、その他にも理由がある。じゃなかったら、いくら誘われたからとはいえ、この元同僚とも一緒にアパレルでは働かなかった……けど、その働く動機は、今思い出しても赤面ものだ。

まあ、と香織は口を開いた。

「もう十三年かぁ。自分でもこんなに続くとは思ってなかった」

すると、アキラは頬杖《ほおづえ》を突いたまま、微《かす》かに笑った。

「実はあたしも、そう思ってた」

「え？」

「香織を最初に見たとき、そう思った。『ああ、この子は長続きしないな』って」

つい少し怯《ひる》んだ。

「……そうなの？」

うん、とアキラは大きくうなずいた。

「店が近くだったから、けっこう見てたんだ。ブースの仕切もなかったしさ。最初の頃はニコリともしないし、声も聞こえないしさ。社食で会っても、うつむいたままモソモソ食べてるし、ああ、こりゃダメだなって」

「……」

「でもほら、『小俣書店』の隣に、小さな薬局あったじゃん。香織、あの店に誰もいないときに、よく対応してたよね。電話に出てやったりとか。一文の得になりもしないのにさ。意外とみんな、そういうとこ見てんだよね」

へえ、と思う。

言われてみれば、たしかにそうだったかも知れない。記憶に残っているのは、薬局の店主が、しばらくしてから妙に自分に対して親切になったことだけだ。

挙句、聞いた。

「だっけ？」

するとアキラは白い歯を見せて、大笑いした。

「やっぱり。あんた、そういう人なんだよね。『してあげてる』とも、思ってないんだよね。自然に体が動いていただけで」

なんだか、褒められているのかバカにされているのか分からなくなってきた。だってさ、と香織は言った。「誰も電話に出なかったら、やっぱり気になるよ」するとアキラはまた笑った。

「だから、最終的にあたしの勘は、外れたってわけ」

ん――？

やっぱり良く分からない。

おそらくは怪訝《けげん》そうな顔をしていたのだろう、さらにアキラは言った。

「つまりさ、道端に落ちているゴミは誰かが拾ったほうがいいんだけど、それをやる人はなかなかいないってこと。ごく自然に体が動く人ってのは、さらに少ないってこと」

束《つか》の間《ま》考える。アキラは一見ストリート系の見かけによらず、アタマがいい。たまにこうして、なんとなく深そうで、抽象的なことも言う。

「まあいいや。分かんなくても」アキラは苦笑した。「香織はそれでいいよ。天然系で」

「うん……」

アキラはジョッキのビールを飲み干すと、店員を呼んで、またビールを追加した。

香織の手元のジョッキは、まだ半分以上残っている。

香織は、外では酒をあまり飲まない。実はビールやワインは大好きなのだが、調子に乗ってガンガン飲んでいると、たちまち撃沈する。眠くなり、ところ構わず眠ってしまう。だから、外で飲むときはいつも注意してペースを上げないようにしている。

そんな香織の様子を、アキラはまた頬杖を突いたまま見ている。

「香織ってさ、必要以外、あんまり口を利《き》かないよね」

「うん」

すると、アキラは少し微笑んだ。

「でもさ、たまに何か口を開くと、びっくりするようなことを言うね」

そう？　と何気なく香織が問いかけると、アキラはうなずいた。

「あたし、あんたが言ったことで、今も強烈に印象に残っている言葉があるんだよね」

「なに？」

「覚えてる？　社食でさ、初めて親しく話した時のこと」

あっ、と思う。少しうろたえ、焦《あせ》る。

案の定、アキラは言った。

「『どうして本屋で働き出したの？』ってあたしが聞いたら、あんた一言、こう答えたんだよね。『修業のためです』って」

「……」

「えっ、てあたしが思わず聞き返したら、『だから、人見知り克服の修業のためです』って。もう周りはみんな、爆笑モノだったじゃん」

顔が赤くなるのが分かる。やっぱり覚えてたんだ。

でも事実そうだ。

みんなが言う楽しいはずの高校時代や短大時代に、誰とも積極的に交わらず、サークルに参加することもなく、飲み会にも滅多に出ず、授業が終わればまっすぐに家に帰っていた日々……。

挙句、短大なんか辞めてもいいから、とも口走った。

その短大時代の終わりごろから、ぼんやりと考えていた。

私はこれからの人生、人として満足に立っていけないのではないか。人と人とが交わり、関係し合って初めて成り立っているこの世界では、生きてゆくことが出来ないのではないか。

こんなんじゃダメだ。ダメダメだ。

だからせめて、働くことを通して、自分を少しは鍛え上げていきたい。仕事なら、嫌でも人と喋らざるを得ないし、関係を持たざるを得ない。特に人の動きに揉《も》まれる職場なら、嫌でも怒られるし、逆に嫌でもアドバイスをしなければならない場面だってあるだろう。そういう仕事を通して、自分を少しでもマシな人間に仕立て上げたいと思った。だから、接客業を選んだ。

それから二時間後、香織は複合ビルの前でアキラと別れた。

ふたたび自転車に乗り、ライトをつけて夜道を自宅へと向う。駅前の商店街を抜け、住宅街を通り過ぎ、田んぼの広がる郊外へと出た。

田んぼの青々とした稲穂。夜露の付き始めた畑の野菜。

昼間に比べると、夜風はまだはるかに涼しい。気持ちがいい。

香織は、この季節の夜が好きだ。

見るものすべてが、これからの夏の盛りにむかってその生命力を溢れかえらせているというのに、夜だけはその力を誇示することもなく、ひっそりと佇《たたず》んでいる。真っ昼間のように自己主張をせず、静かにその生命力を溜《た》め込んでいるように見える。

その静謐《せいひつ》にも感じる、生物の存在している姿が好きだ。

ふふ、と自転車をこぎ続けながら、一人微笑む。

本……。

やっぱり本はいい。実に不思議な商品だ。

ページを開けられない限り、本は何も話しかけてこない。テレビや音楽とは違って、こちらが必要としなければ自己主張をしない。誰かを攻撃することも、うるさくがなり立てることもない。相手から求められない限り、ただ静かに、香織の本棚や書店の平積みに存在しているだけだ。

ちょうど、今見ている稲穂のように。畑の中の野菜のように。

香織が思うに、本は、自分の理解力に合わせて読み進むことが出来る。メディアとしての決まった時間軸というものが存在しない。映画や音楽のように、（あっ、今の瞬間、歌詞を聞き逃した。シーンを見てなかった）ということが存在しない。それを気にして、微妙に気を張って見る、あるいは聞くことがない。

引っかかる箇所やグッとくる記述がある部分は、何度でもしつこく、自分の気持ちが納得するまで読み返すことが出来る。

自分の時間軸の中で好き勝手に扱っても、やっぱり自己主張をしない。

その、謙虚さのようなものが好きだ。

腰痛になり、アパレルの仕事に一時期就いた。職場の人間関係も楽しく、服にも割合に興味があったから、それなりに満足していた。

でも、自分的には何かが違うとも常に感じていた。

服は、見れば分かる。それが自分に似合うのかも、着心地も、試着をしてみれば分かる。

むろん、店員としてのアドバイスも色々と出来ることはある。組み合わせの妙や、お客さん自身があまり似合わないと思っていた色や柄のアドバイスも出来る。でも、やっぱりそれは、究極はお客さん自身にも判断出来ることだ。見て感じて、すぐに決断できるものだ。

あるいはアパレルの販売員によっては、それは違うという意見もあるかもしれないけど、少なくとも自分ではそう思う。

……本。

本は、分からない。

表紙や帯で、何について書いてあるのか、どんな粗筋なのかは、ある程度まで分かる。分かるが、そのことは香織が思うに、その本の内容を実際は何も表わしてはいない。

そういう意味では人生と同じだ。

誰かが「人生とは、こういうもの」、あるいは学校の先生が「いいか、社会ってのは○×なものなんだぞっ」などと言っても、実際には自分が生きてみないと、社会に出てみないと、何も分からないのだ。

本もそうだ。

いくらストーリーが面白そうでも、興味深そうな題材でも、実際には中身を読んでみないと、何も分からない。何も始まらない。その本を読んだときの快楽や情動、知的な興奮までは表紙《カバー》は伝えてくれない。

行間から伝わってくる、狂ったようなグルーヴ感や熱気。あるいは逆に、文体から滲《にじ》み出してくる、静謐な知性。

文章のリズムにしてもそうだ。歯切れ良いテンポでたたみかけてくるような文体もあれば、息の長いしっとりとした語り口で、優しく語りかけてくる文章もある。むろん、どちらもいい。

さらには、その書き手だけに見えている、この同じ世界を見る違った視点……私もその視点を借りて、同じこの生きている世界を、違った角度から覗《のぞ》き見ることが出来る。

たとえばグラスだ。

私を含めた大多数の人間には、グラスなどは普通、どこかに置かれた状態のやや斜め上からしか眺めないものだろう。そして、その眺め方しか意識しないものだろう。

しかし書き手によっては、そのグラスを常に底から眺め上げている人間もいる。あるいは、その縁の薄さに異常に心囚《とら》われている者もいる。

人間の見方、社会の捉《とら》え方にしても同じだ。私が思う〝いい小説〟になればなるほど、その視線は、普通なら思いもかけない角度や深度から照射してくる。そしてその視点が書き手の独りよがりでない限りは、またひとつ自分の中に、新しいモノの見方が沈殿していく。そしてそれは、とりもなおさず、私がこの人間社会に立っている新たな位置《マッピング》を教えてくれたりもするものだ。

たぶん、私にとっての読書の快楽とはそれだ。

でもそれは、やはり表紙だけでは伝えることが出来ない。

本はうるさくない。がなりたてもしない。ページを開いて読み始めない限りは、ずっと黙りこくっている。誰かと友達になろうと、アピールも自己主張もしてこない。

だからこそ本屋には書店員がいる必要があるのだ、と感じる。

私の仕事は、やはりそれだ、と。

香織が今も好きなのは、本に手書きのポップを作ることだ。これはいい本だったなあ、と思える本に、ほんの一輪の花を添えてあげるつもりで書く。

というか、それ以上のことは自分には出来ないとも感じる。

何故《なぜ》なら、面白い小説という以上に〝本当にいい小説〟というものは、実はそのときには、その本当の良さは分からないからだ。本当にいいモノというのは、最低でも十年の月日が流れないと、その真価が見えてこない。

十代でその本を読む。二十代でまた読み返す。三十代になって、さらに読み返す。

そのときどきで面白いと思え、また、その年代に応じて読み返すたびに、新しい発見や感じ方がある……つまり、読み手の内的成熟の段階に応じて、それまでは単に「流して書いている」記述だとしか思えなかった箇所が、不意に深度を増し、書き手がその深い部分で敢《あ》えてさらりと言わんとしていたことが、ぐっと見えてくる。

ということは、もし香織が四十代や五十代になったときに再び読み返すと、今まで気づかなかった作者の世界観や意図に気づくことがまたあるだろう。

そんな作品に、今の段階で自分の未熟な評価を加えることなど、とても空恐ろしくて出来たものではない……。

それでも反面、その作品をまだ読んでいない人には、ぜひ読んでもらいたい。

だから、ごく控えめに手書きのポップを書くのだ。

そう。

本屋に来て、何を買おうか迷っている人たちに対して、もし良かったら、と、そっと注意を促してあげるだけだ。

今の私の段階で読んで、とても興味深く面白かったです、という意味のことを、その物語の内容に沿って紹介するだけだ。

アキラふうに言えば、池に、小石をポチャン、と投げ込む。そのときに静かに周囲に広がっていく漣《さざなみ》のようなものだ。気づかない人は気づかない。でも、それでいいと思う。

何も声高に叫ぶ必要はない。押し付ける必要もない。第一、そんなやり方は私の柄ではない。好きなものもその考え方も、人それぞれだろう。

そんなことを思いながら、自宅へと戻った。自分の部屋に入った時、デスクの上のパソコンが目に止まった。

「……」

三十三歳。現場での実務経験者としては、もう一度正社員としてトライアルが出来る、ギリギリの年齢だろう。

ちょっと、調べてみよう——。

5

「はい——？」

思わず真介はわが耳を疑った。

さすがに三度目の面接で真介にも馴《な》れてきたのか、相手は意外にもハキハキした声だった。

「ですから、辞めさせていただこうと考えています」

佐久間香織はそう繰り返した。やはり間違いない。

しかし、とつい口にしてから、真介は自分の迂闊《うかつ》さを呪《のろ》った。

相手は、自分の判断で辞めると言っているのだ。なら自分の仕事上の都合も、それで何の問題もないではないか。それでも口は勝手に動いていた。

しかしですね、と真介は繰り返した。「辞めて、何らかの当てはあるのですか？」

すると佐久間は僅《わず》かに微笑《ほほえ》んだ。口をすぼめるような、特徴のある笑い方だった。

「当てがなかったら、やっぱり辞めてはいけないのでしょうか」

おそらくは皮肉でもなんでもなく、素《す》な感じでそう聞き返してきた。

これにも思わず口ごもる。

「いえ……特にいけないわけではありませんが」

直後に悟る。見るからに内気そうなこの女。あまり外向的でもないだろう。

おれは、この女性のことをいつの間にか心配している。その頼りなさそうな風情《ふぜい》がどうにも気にかかり、つい肩入れをしている。

「まあ、あなたの場合は勤務査定も優秀で、それは正社員への登用の時期を見ても明らかですから、転職されるにしても比較的優位な立場かもしれませんね」

ついそんな毒にも薬にもならない言葉を吐いて、その場をごまかした。

佐久間は、また少し笑った。だが、それだけだった。

それから十分後、真介から退職手続きについて聞き終わった佐久間は、部屋を出て行った。

横の川田美代子と視線が合う。

「あのさ、日本ではいつの時代から、外向的な人間が良くて、内向的な人間は駄目だって言われ始めたんだろうね？」

軽く、そんなことを口走った。

だが事実そうだ。沈黙は金なり、などという言葉は今ではもう死語に近い。謙譲の美徳、などという言葉もこのご時世ではいい笑いものだろう。別に格言を並べ立てて生きようとも思わないが、真介が子どものころには、確実にまだ「実直」とか「寡《か》黙《もく》」とかいう言葉が、周囲の大人の間でも生きていたように思える。

しかし、真介が大人になってこのかた十五年ほど、いつの間にかそんな言葉はまったく聞かれなくなってしまった。

川田はしばし小首をかしげていたあと、ゆっくりと笑みを浮かべた。

さあ、と。

「私も小学校のころ、無口な子どもだって通信簿には書かれてましたよ」

「そうなの？」

これは少し意外だった。しかし、言われてみれば確かにそのとおり、よく喋る川田美代子の子ども時代というのもイメージが付きにくい。

さらに川田は付け足した。

「それも、やっぱり少し心配なニュアンスで」

「そうなんだ」

真介がそう相槌《あいづち》を打つと、川田は笑みを浮かべたままうなずいた。

「でも私は今でも、ペチャクチャ喋る相手よりも、一言々々、ゆっくりと考えるようにして話す人のほうが、好きですけど」

真介は笑った。意外なところに、今の時代に対抗する強力な伏兵が潜んでいるものだ。

そういえば、あのぅ、と何気ない口調で川田は続けた。「私ですね、今度、結婚することになりそうです」

……ん？

一瞬、意味が分からなかった。

ケッコン？

え？

えーぇぇっ！

「そうなの？」

思わず真介は声を上げた。

川田は穏やかな表情のまま、うなずいた。

「はい。『よかったら、結婚してくれないかな』って、言われました」

「相手は」つい咳《せ》き込むようにして聞いた。「相手は、どんな感じの人？」

　すると川田は、にっこり笑った。

「だからあ、今言ったみたいな人です。ゆっくりと、喋る人」

　不意に〝ウサギと亀《かめ》〟の話を思い出す。

　何故か川田に、完全に人生の先を越された気がした。

　でも直後には、多少の羨望《せんぼう》を覚えながらも、やっぱり嬉《うれ》しくなる。

「おめでとう」

　真介は、心から言った。

「これから先も、楽しい生活がてんこ盛りだね」

「ありがとうございます」川田は笑う。「楽しい……そうですね。だから、一緒になるんですかね」

　ゆっくり喋る、男と女……。

　なんか絵になるなあ、いいなあ。

　そう感じると、ごく自然に、再び笑みが漏れた。

6

一ヶ月後、香織はとある書籍店の中途採用の面接会場にいた。

「ブック・ナビゲイター」という、関西資本の大型書籍チェーン店舗だ。

来年の一月から、まずは関東進出の第一号店として池袋の東口に、ビル一棟丸ごとの超大型店舗を構えるという。そこでの正社員募集の面接会場だった。

募集人員三十名に対して、香織の周りには約百五十名もの人間が座っている。みんな、一次の書類選考をパスしてきている。壇上の人間のガイダンスを神妙な顔つきで聞いている。

むろん香織もそうだ。

こういう場は昔から苦手な上に、根がひどく小心者なので、この会場に入った途端、圧倒的な数の面接希望者を目の当《ま》たりにして、もうそれだけで気分が悪くなった。当然だが、みんな初対面の顔ばかりだ。ガチガチに緊張してしまった。

しかし、時間が経《た》つにつれ、不思議と気分が落ち着いてきた自分がいる。よく考えてみれば、みんながみんな、お互いに知らない人ばかりなのだ。不安なのは、なにも私だけじゃない。ガイダンスもよく聞いていると、実務経験者から言わせてもらえば、そんなたいしたことは言っていない。

少しずつ安心する。たぶん私、受かるかも。何の根拠もなくそう思う。

ふふ。相変わらず気が小さいくせして、かなり楽観的な部分もある自分。

どうして「公文書店」を辞める気になったのかは、実は自分でも良く分かっていない。あのまま居ても、良かったとは思う。

でも、なんとなくだが心情的に思ったことはある。

私は、誰かを押しのけてまでその場所に居たいとは思わない。別にいい子ぶっているわけではない。

同僚の中には、結婚して奥さんや子どもを養っている男性もいた。たとえ子どもがいなくとも、結婚して住宅ローンを抱えた女性だっていた。

それに比べれば私など、はるかに恵まれている。実家には社会人になってこのかた、ずっと三万円を食費として入れているが、それでも一人暮らしよりは、はるかに経済的な負担は軽い。

誰かが道を譲らなければならないとしたら、より恵まれた立場にいる人間が、その道を空けたほうがいい――。

それに、この際だからと転職を決意したのには、もうひとつ理由がある。

この「ブック・ナビゲイター」のほうが、その会社組織や店舗の規模が大きいぶんだけ、「公文書店」よりも、自分の好きな本の分野に特化した担当になることが出来る可能性が大きい。

香織は昔から密《ひそ》かに、文芸書に特化した担当になりたいと思っていた。でもそれは「公文書店」ほどの準大手の書店では、なかなか難しかった。

でも、この「ブック・ナビゲイター」ぐらいの大手になれば、それも可能だろう。現に、池袋の第一号店では、フロアーごとに扱う書籍の種類を変え、しかもそのフロアーごとに専門分野担当としての書店員が数人は付くという。

その一人に、ぜひとも選ばれたかった。実際に履歴書を書いたときにも、文芸書担当を希望、と書き込んでいた。それで書類選考で残り、今こうして面接会場に来ている。

書店員の技量が最も活《い》かせるのは、やはり文芸書だろうと思っている。

壇上のガイダンスはまだ続いている。分かりきったことを、退屈だ。

つい記憶が、過去を彷徨《さまよ》いだす。

思い出したくもない記憶……ふっと脳裏を過《よ》ぎる。

その昔、「石」になりたい、と思ったことがある。

ちょうど小学校に入りたての頃に、さかんに同級生からからかわれ、いじめられていた時だ。泣きもせず、登校拒否にもならなかったけど、それでも心は相当に痛めつけられていたのだと、後々になって分かった。

あの頃は、いつも「石」になりたいと思っていた。

石なら、いくら踏みつけられても蹴飛《けと》ばされても、ぜんぜん痛くはないだろう。石なら、傷つかない。石なら、誰も私に危害を加えることは出来ない。

そう、密かに考えていた。

しかし二年が経ち、三年が過ぎ、中学校に上がるころには、まったく思わないようになっていた。

高校、短大に上がったころには、そんなことを考えていた自分の過去さえ、すっかり忘れていた。

でも、本屋からアパレルショップに移り、そこから再び元の業界に戻ろうかと思案し始めたころ、ふたたび脳裏に、「石」というキーワードが出てきた。

……いや。石ではない。正確には、その小石が水面《みなも》に作り出す、漣だ。

本はうるさくない。がなりたてもしない。

本屋にただひっそりと佇んでいるだけだ。
だから私はせめて、いい本が少しでも読み手に届くための、小さな漣でありたい——。

File 4. オン・ザ・ビーチ

1

十二月になったある日の午後、真介は社長の高橋に呼び出された。

正確に言えば、真介たち課長以上の管理職十名が、一斉に呼び出された。

むろんこの中には、社長の高橋を始めとした取締役も含まれている。『日本ヒューマンリアクト㈱』は、今でも社員数がたかだか四十名の小所帯なのだ。

だが、それでも業界の中では依然として最大手の会社だ。十数年前に高橋が会社を立ち上げた時には、この分野では初めての創業でもあった。

まあ、それはともかくとして……だ。

一時五分前に、真介が会議室に入った時には、すでに大半の管理職が揃《そろ》っていた。高橋以下の取締役や部長たちも着席している。

席に座りながらも、やはり妙だな、と真介は感じる。

みんな、やけに据わりの悪い表情をしている。おそらくは真介も傍から見ればそうだろう。

当然だ。

いつもはこういう経営会議の時、何の議題を検討するのかという内容が、事前メールで一斉に送信されてくる。

今回は違った。たしかに一週間前に、社長の高橋から会議案内のメールは流れてきた。しかしそれは、時間と会議場所を記してあるだけで、議題は後日通告するという内容だった。

そして三日前のメールで、議題の内容が送信されてきた。

だが、その件名は、今後の当社の方向性について、という非常に曖昧《あいまい》かつ意味不明のものだった。それに続く内容も、そうだ。

今後の当社のあり方について、代表取締役である私から提案したき議題がございます。その議題につきまして、皆さんのそれぞれの考えを仰ぎたく存じます。

事前の資料はございません。当日の一時に、よろしく集合を願います。


という文面だった。なにやら大事そうな会議があるということ以外は、何のことやら皆目見当もつかない。

現に今、コの字型になった会議室のテーブルの上にも、何の資料も置かれていない。ペットボトルの水が、各人の前にそれぞれ置かれているだけだ。

ともかくも、管理職がすべて揃ったところで、社長の高橋が真介たち社員を見回して、少し笑った。

その顔半分を、窓から降り注ぐ十二月の陽光が照らし出している。

「みんな、忙しい中、ご苦労」

開口一番、そう言って高橋は軽く頭を下げた。そしてチラリと窓の外を見遣《みや》り、

「ま、出来れば天気のいいこんな日に、伝えたかった話でもある」

そう言って再び微笑《ほほえ》んだ。

会議室が少しざわめく。かつて高橋は、このような会議の切り出し方をしたためしがない。それに真介の聞き違いでなかったら、高橋は今、たしかに「話」と言った。

議題でも案件でもなく、単に「話」と言ったのだ。

みんなの戸惑う様子を眺めながら、さらに高橋は口を開いた。

「この会社を立ち上げて、今年で十五年目になる。時代のニーズにも押され、順調に業績も伸びてきた。むろん、みんなのおかげでもある。が、会社を大きくすることを第一に目指してきたわけではないから、相変わらずの中小企業だが――」

真介たち若手から、やや苦笑が漏れる。

だが、みんなの笑いがそれ以上広がることはない。社長の話がどこに向かうのかを、全員が黙って待っている。

一呼吸置いて、高橋はふたたび口を開いた。

「結論から言おう。個人的な意見だが、おれたちの会社の社会的な意義は、そろそろ無くなりつつある時代に変わってきていると思う」

そう一言一句、刻み込むように言った。

会議室の中はざわめくどころか、静まり返った。

高橋が、真介を始めとした全員の顔を順に眺めていく。その間も、誰一人として口を開こうとしない。

むろん真介にとっても、脳天に岩盤が落ちてきたような衝撃だった。

しかし……。

自分でも矛盾するようだが、こういう事態がいつかは来るような予感が、どこかでうっすらとしていたような気もする。時代の隙間《すきま》を埋める、ごくごくニッチな業種でもある。

この五年ほどで、リストラ専門の委託を受注する同業他社も五社生まれている。その中には、こういう特殊な、社会の必要悪的な業種にも拘《かか》わらず、営業部隊を持っている会社もあるという。つまりはリストラ提案の企業への売り込みだ。が、さすがに自分たちの仕事を考えれば、とても売り込みなど出来たものではないだろうと感じる。

自分たちの仕事が、同業他社との奪い合いをしてまで、クライアントから請け負うような業務内容なのか……。

自分の仕事を罰当たりな職務だとは思うが、その必要悪が社会に存在してもかろうじて許されるのは、まずはその仕事が委託業務として、相手側からお願いされているからではないのか。少なくとも、その仕事を取り合うような業種ではない。また、こちらから必死に営業するものでもないだろう。リストラに限らず、必要悪の仕事は、社会から要求されてこそ初めて成立するものだろう。

会議室の上座にいる高橋も、真介の思いとほぼ同じ事を、もっと簡潔な言葉で述べていた。

さらに高橋は話を続けた。

「今年の夏、二〇二〇年の東京オリンピックが決まった。この日本の構造的な不況に、七年間の執行猶予《ゆうよ》がついたようなものだ。つまりこれからは、おれたちの仕事は需要が減り続ける。一方で、供給は依然として六社のままだ。この状況が、長い目で見た今後の我が社の業績にどんな影響を及ぼすかは、分かるな？」

相変わらず、誰一人として口を開かない。

むろん、真介にも分かる。今までのように仕事の依頼は来ず、会社の利潤も下がり、いつしか気づいた時には退職金はおろか給料も遅配になるような財務状況に陥っていく可能性が大だ。だから、そうなる前に、おそらく高橋は手を打とうとしている。

高橋は再度、みんなを見回す。

「……ここまで誰か、意見はあるか？」

真介は思わず自分の左右を見た。同じようにすべての人間が自分の周囲を窺《うかが》っている。

だが、やはり誰も何も言い出さなかった。高橋の話には、まだ続きがある。この現状を踏まえての最終結論を、まだ口にしていない。

だから、みんな黙っている。

高橋は言った。

「具体的に言う。今抱えているクライアントの仕事が一段落したら、おれは社長を降りる準備を始める」

まさしく爆弾発言だった。

「残る誰かが会社を引き継ぐもよし。その場合、おれの持ち株は、会社に簿価で譲渡する。あるいは、これを汐《しお》に会社を畳むことに全員が同意してくれた場合は、現時点での余剰金が会社全体で三億ちょっとある。これを、勤続年数に応じた退職金として、みんなに残らず配分する。おおよそ一人当たりの退職金は、勤続年数掛ける百万というところだ」

再び会議室がざわつき始めた。

「辞める者、残る者に別れた場合、辞める者には先ほどと同額の退職金を支払う。残る者たちはその残った余剰金——つまりは自分たちに支払われるはずだった退職金で、誰か社長を決め、会社を続ければいい。だが、それなりに先を読むに、おれたちの会社が今まで以上の経常利益を出し続けるような時代は、おそらくはもう来ないと想像する。以上だ」

誰も発言しない。

「今まで説明したことを含めて、部課長はこれから自分の部署に戻り、それぞれ部下たちの意見を吸い上げてみてくれ。ちなみに今おれの両隣に座っている取締役たちは――」

そう言って高橋は、自分の左右を振り返った。

「今後の業績予測から、会社を畳むことに同意している。経理部長も同様だ。つまり、今後の経営者がもし出たとしても、それは部課長以下からしか出てこない。そのことも含んで、それぞれの部下には説明してくれ」

つまり、と真介は思う。よほど会社存続に熱意のある管理職がいない限り、そして誰かが高橋の後釜《あとがま》として名乗りをあげない限り、この会社は近いうちに廃業してしまうということだ。そしてたぶん、そうなる……。

それから五分ほどで、臨時会議は終わった。

管理職たちがぞろぞろと部屋を出て行く。気づけば、真介が一人残っていた。

「なんだ、真介――」

これまた残っていた高橋が、そう訊《たず》ねてくる。

「おまえが、社長になるつもりか？」

考えるより先に、言葉が口を衝《つ》いて出てきた。

「今は、そんなこと考えてもいません」

高橋は軽く笑った。

「だったら、今後も止めておけ。こういう仕事のトップってのは、聞いた途端に思いつくような奴《やつ》じゃないと、うまくは行かない」

「それは、そうかもしれません」

いったんはうなずきつつも、なんとなく自分が残った理由に思い当たった。

「ひとつ、聞いてもいいですか」

「いいぞ」

「社長は会社を辞めて、今後はどうされるつもりなんですか？」

高橋はさらに目元だけで笑った。

「自分の心配より、人の心配か？」

「いえ……そういうわけじゃなく」と、思わず口ごもる。「ただ単に、これから先、どうされるのかな、と思って」

束《つか》の間《ま》黙った後、高橋は答えた。

「故郷の長野に帰ろうと思っている」

「引退ですか？」

違う、と高橋は首を振った。「そういう意味じゃ、おれは死ぬまで働き続けるつもりだ。そして人間、動けなくなるまで働き続けてナンボだろうと思っている。国がこんな有様じゃあ、なおさらだ。老後に年金を当てにするような人間は、一人でも少ないほうがいい」

「……」

「まあ、何をやるかは故郷に腰を落ち着けてから、ゆっくりと考える。まだおれも五十だ。若者が流出し続け、過疎《かそ》化のすすんだ地元に、なにか利益を還元できる新しいビジネスモデルを立ち上げられないか、考えている途中だ」

「そうですか……」

真介がそううなずくと、高橋が真介の顔を正面から見てきた。

「で、おまえはどう思った」

「どう、とは？」

「今の話だ」高橋は言った。「聞いて、どうしようと思った」

「今はまだ何も……ただ、会社に残るっていう選択肢は、今のところないように思います」

「そうか」

「はい」

実際、そうだった。今の仕事にしても、心底気に入っているかと訊《き》かれれば、そうでもない。今から十年ほど前に、高橋に拾われてこの会社に入った。他人の人生の決定的な場面に出くわし、大きく言えば人生というものについて、いろんなことを考えさせられた。不謹慎極まりないとは思うが、そういう意味での興味深さも常に味わっていた。

しかし、この仕事をずっと続けていく自分も、あまり想像できてはいなかった。仕事として一生やっていくには、あまりにも内的な負荷が大き過ぎる。そういう意味で、やがては終わりが来るとは思っていた。

「また、別の就職口を探すか？」

そう高橋が問いかけ、真介は口を開いた。

「これからも働き続けること以外は、それも含めて、今は未定です」

「そうか……じゃあ、当座の将来に不安でもあるのか」

「不安は、あまりないです」

答えながらも、真介は先ほどの高橋の言葉を思い出す。

真介がこの会社で働き始めてから十年が経《た》つ。となると、退職金は一千万前後だ。プラス、この十年間で、給料から税金を差し引いた可処分所得のうちの二割は、常に貯金に回すように生活を引き締めてきた。その貯金が、約一千万。

合わせて二千万ほどが、真介の当座の生活費、あるいは次のステップへの資金となる。

仕事を失った四十前の男としては、かなり恵まれている部類に入るという自覚は、充分にある。

逆に言えば、会社をこのまま続けてジリ貧の状態に追い込まれるより、高橋が早めにこういう状況を設定して、社員一人一人に再出発のための充分な自己資金を与えてくれたとも言える。

だから、慌《あわ》てず焦《あせ》らずに、今後のいろんな進路を時間をかけて、じっくりと検討してみるつもりだった。

そう高橋に説明した。

ふむふむ、と高橋はうなずいていたが、最後に聞いてきた。

「いろんな進路とは、起業するという選択肢も含めてなのか？」

そう問いかけられるまでは自分自身でも気づいてなかったが、たぶんそうだ。

「含みます」真介は答えた。さらに口走った自分の言葉にも驚いた。「今の経験を生かしたニッチな転職先は、なかなか見つからないでしょう。それに今さら転職するぐらいなら、自立する道を選びたいです」

現状を考えれば、多少言い過ぎたかとも思うが、かと言って後悔もない。

数年前からぼんやりと考えてきたこと。この手の仕事が、時代の流れとして、あと二十年、三十年と続くはずもない。

ならばそのとき、自分はどうするか——。

む、と高橋は笑った。真介よ、とさらに口を開いた。

「あるいは無責任そうに聞こえるかもしれないが、どんな仕事を始めるにしろ、おまえにはそちらのほうが向いているかもな」

え？

予想外の返しだった。

「何故《なぜ》でしょう？」

「今、この現状が、それを示している」高橋は答えた。「みんな、まずは自分の身の振り方を考えた。心配した。だから、一斉に部屋を出て行った。おまえは、残った」

「……」

「こういう時に、自分のことではなく、まず他人のことが気にかかる人間でなければ、逆に自立は出来ない。この社会で何かを始める人間としては、適していない」

「……」

「言っている意味が、分かるか？」

高橋はさらに優しく言った。

「どんな人間の人生も、他人の人生の断片からなる集合体で成り立っている。一人で生きているつもりでも、産まれたときから常に誰かとの関わり合いの中で生きている。それが体感的に分かっている者でなくては、実社会での自立はできないだろう」

2

平成二十五年が終わり、正月になった。

やがてその正月から半年が過ぎた六月――。

陽子はモルディブにいた。インド洋のほぼ赤道直下にある、大小千二百の群島からなる洋上の共和国だ。

そのリゾート島のひとつ、ミリヒという島にやって来ている。

日本からのルートは、シンガポールまたはスリランカなどでトランジットをし、モルディブの首都マレに到着する。さらにそこから小型の水上飛行機に乗り換え、三十分ほど南西に飛び続けた南アリ環礁《かんしょう》に、インド洋の最後の楽園と言われるミリヒはある。周囲一キロほどの小さな島だ。

むろん、真介も一緒だ。

二人で相談して、このミリヒの水上コテージを予約した。ハウスリーフが素晴らしく、シュノーケリングでもドロップオフの場所まですぐに行ける。

朝起きて、椰子林《やしばやし》の中の母屋《おもや》まで行き、朝食を食べる。

午前中いっぱいはフィンと水中眼鏡、シュノーケルを付けて、島の周囲をぐるりと取り囲んだハウスリーフの縁を漂うようにしてゆっくりと廻り、日が高くなると再び昼食を摂《と》りに母屋へと行く。

午後は、日差しも照り返しもきつい。日が傾いてくるまでは部屋にこもり、エアコンの効いた部屋で窓の外の海を眺めながら、いつの間にかうたた寝をするか、読書をするかのいずれかだ。

三時以降になって日が斜めになってくると、再び外に出てデッキテラスでぼんやりと過ごす。

今も真介とそうしている。冷蔵庫から缶ビールを取り出し、グラスに注いで思い思いのタイミングで注ぎ足し、チビリチビリとやっている。

環礁をぼんやりと眺めている真介の頬先が赤い。日焼けだ。日焼け止めをいくら塗っても、やはりこのインド洋の眩《まぶ》し過ぎるほどの日差しでは、焼けてしまう。

この半年の間に、真介を取り巻く環境は大きく変わった。

去年の年末に、真介の勤める『日本ヒューマンリアクト㈱』は、廃業の方針を決めた。その同じ年末に、真介の高校時代からの友人である山下も、ファンド会社を辞めた。年初から無職になった。親しい友達同士というものは、ある時期にそういう状況が似通うものなのかもしれない。

その頃から山下と真介は、以前にも増して頻繁に会い始めた。話題も与太話や色恋沙汰《ざた》などはなくなり、一気にマジ路線になっていった。

陽子もその飲み会や食事の場面に、何度か付き合ったことがある。

その時点で、山下はすでに起業を決意していた。中小の国内製造業に特化した、経営コンサルティングの会社を立ち上げるという。

「グローバリズムは、それが良いとか悪いとかではなく、時代の流れだ」山下は言った。「今後も、国内の産業空洞化はますます進んでいくだろう。TPPだってどういう条件になるにせよ、環太平洋諸国の間で結ばれる。保護関税という名の国境はますます無くなっていく」

それはそうだろう、と陽子も聞きながら思った。

陽子の理解によれば、グローバリズムとは、単一基準の市場主義経済が地球全体に拡大していくことによって、さらなる世界中の経済発展と、資本面で繋《つな》がった国同士の安全保障を促していくだろうという考え方だ。

反面、経済資本を持つ大国や多国籍企業が弱国を支配し、その弱国を経済的な支配下にごく自然に置く、地球規模での弱肉強食の世界が来るとも言える。各国の庶民レベルでも、人材の流動化・消耗品化がさらに進んでいく懸念《けねん》もある。ある意味、経済面での新しい帝国主義の出現の可能性も含んでいる。

ここで、山下の話は反転した。

「だからこそ逆に、日本独自の技術への特化なんだと、ここ十年ほどずっと感じてきた。日本の製造業は、いつの間にか熟練工を必要としなくなってきている。製造工程のイノベーションの繰り返しで、素人《しろうと》同然の技術でも、ある程度のプロダクトが出来るようになってしまった。金、つまり人件費はいつだって低いほうに流れる。国内産業の空洞化は、ある意味のグローバリズムに呑《の》み込まれてしまっているってことだ。

これを、なんとかしたい。独自なものは、呑み込まれない。どこの国にも真似《まね》のできないジャパン・ブランドの品質確立と、そのクオリティを支える技術者を含めた環境づくりをアドバイスするための会社を、立ち上げたいんだ」

だが、それを黙って聞いていた真介の関心は、また別のところにあるようだった。

「それは、アレなのかな……」

「アレって、なんだ？」

「仕事として当然、利潤は出るようにするつもりなんだろうけど、それが第一義の目的じゃない。まあ、まずはその仕事の意義みたいなものに自分が納得して、実際にやってみて、結果としてお金が付いてくる……ひょっとしてそういうことをおまえ、考えている？」

束の間、山下は黙った。

「何が、言いたい？」

「たぶん、おまえが思っていることと同じだ」真介は答えた。「ファンド、リストラ請負会社……つまりさ、自分が今までやってきた仕事の、社会に対するいい面も信じてやってきただろうけど、負の面だって当然あった。その負の面への、いわば負い目っていうか、償いっていうか」

「……」

「だからこそ、自分にとって社会にとって意味のある仕事を、第一義として考えたい。そういうことか？」

「やれやれ――」

山下は一瞬溜息《ためいき》をついたあと、投げ出すように言った。

「そんなこと、イチイチ口に出して言うことかよ」

だが真介は念押しした。

「でもやっぱ、そういうことだろ？」

山下はムッとした口調で言い返した。

「自分にとっての仕事の意味は、自分で考えりゃいいだけさ。人それぞれだ。おれはおれの事情で、おまえを仕事に誘いたいだけだ。で、いわばその『人材』の口説き役をおまえに頼みたいだけだ。それだけだ」

――結局、その山下の誘いに真介は乗らなかった。

というか、今もそのままペンディングにしている。そして一月も終わり、二月も過ぎ、三月の年度末になった。真介の所属していた会社『日本ヒューマンリアクト㈱』は、正式に会社を畳んだ。

以降、真介は無職になった。

しかし、目の前のこの男に焦るような色は、二ヶ月あまり経った今もない。平日に何をしているのかは知らないが、とても就職活動をやっているような雰囲気には見えない。

勤務中にたまに気になって携帯からメールを出しても、返信はほとんどの場合、パソコンからだった。真介は今もガラケーで、タブレットも持ち歩かない。つまりは日中、いつも自宅にいたということだ。その代わりというか、平日の夜はほとんどの場合、不在だった。しかし、十一時ごろにメールを出すと、必ず自宅のパソコンから返信が返ってきた。

そういえば、と思い出す——。

この旅行に誘ったのは、陽子からだった。

首切りなどという罰当たりな仕事をやっていたこの男……自分で望んで就いた仕事とは言え、この十年間は相当なストレスが溜《たま》っていただろう。当座の暮らしが立つほどのお金もあるというし、だから陽子から誘ったのだ。

「ねえ、あたしも四月の中旬は年度末が終わって時間があるし、ちょっと海外にでも遠出しようよ」と。

しかし真介は束の間黙って、こう言った。

「それ、六月ごろでいいかなあ。辞めてから二ヶ月ぐらいで、ちょっとやっておきたいことがあるんだ」

が、陽子がいくら聞いても、そのやりたいことを聞き出すことは出来なかった。いつもならお喋《しゃべ》りなこの男が珍しいものだ、と感じた。

ただ、最後にこうも言った。

「簡単に言うと、おれ自身がやってきたことの確認」真介は淡々と言った。「とりあえず一通り終わった時に、説明するよ」

その言葉を聞いてから三ヶ月が経つ。

今、二人は相変わらず、水上コテージのデッキ上でビールを飲みながらぼんやりとしている。

ねえ、と陽子は話しかけた。

「そろそろ話してくれてもいいんじゃない」

ん？　といった表情で真介がこちらを振り向く。その両頬が日焼けで赤くなっている。

だからさ、と陽子はさらにせっついた。

「真介、この二ヶ月はさ、なにをしてたの？」

うーん、と真介は軽く唸《うな》った。だがそれは、不機嫌だからとか、答えたくないからとか、そういったニュアンスではなさそうだ。

「まあ、ナニをしてたってほどのことじゃないし、前からはっきりと意識して、やってたわけでもないけど――」

そう前置きをして、事の次第を語り始めた。

聞けば真介は四年ほど前から、被面接者のすべてに、その最終面接が終わった後に、メールを出すようになっていたのだという。

「そんな、特に意味を考えてのことじゃないんだ。内容も踏み込んだものじゃない。『この度は仕事上とはいえ、〇〇様の今後の人生について、ほんの束の間とはいえ向き合わせて頂きました。今後、もし自らの進路に関してさらにご相談があるようでしたら……』みたいな、社交辞令も含んだ事後挨拶《あいさつ》のメールだよ」

四年ほど前……私が真介に出会ってから、一年後あたりからだ。

もちろん、そんなメールは出した相手には殆《ほとん》ど無視されたという。当然だろうと陽子は思う。被面接者にしてみれば、思い出したくもない屈辱的な記憶だろう。

だが、わずかに五パーセントほどの人がメールを返してきた。年に約五十名。そしてその相手は、年に千名近く接する被面接者の中でも、真介が明確に覚えている人間ばかりだった。仕事柄、表面的には相手を追い詰めながらも、真介なりに当人の岐路を真剣に考えて接していた人たちだという。

逆に言えば、だからこそ相手も覚えているのだろう。そしてそんな状況の中でも真介のことを悪くは思えなかったのだろう、と陽子は感じる。人間、そんなものだ。

ともかくも、真介はその相手にまた返信をする。

それでほぼ、やり取りは終わりとなる。相手も真介もそれ以上やり取りをする必要はないからだ。

だが、年末が来ると、真介はそのやり取りのあった相手に対し、事前に会社の許可を得て、年賀状を送った。送り先は、面接当時に住んでいた住所だ。

むろん転職に伴い引っ越している可能性は充分にあるが、常識的に考えて、だいたいの人間は郵便局に転居届を出しており、旧住所あての郵便物は一年間は転居先へ転送される。だから、殆どの場合、年賀状は届いていたはずだと真介は説明した。

ちなみにこの年賀状は、真介は会社の住所ではなく、自宅の住所を明記して送った。自分が相手個人の住所に送る以上、それが礼儀だと思ったらしい。そして年賀状は自費で出していた。

その年賀状への返事が返ってきた相手が、送った総数のうち、半分強の三十名弱……。

翌年も、その前年に年賀状あるいは寒中見舞いをもらった相手には出し続けた。プラス、その年にメールをやり取りした被面接者の年賀状がさらに上乗せされる。

それを、四年間続けた。

単純計算で行くと返ってくる年賀状は合わせて百二十枚になるが、それでも数年後には年賀状が来なくなった相手もかなりいる。その相手に対しては、真介はもう年賀状を出さなかった。逆に言えば、その前年に相手から年賀状を貰《もら》っている限りは、出し続けていたということだ。

現在、年賀状をやり取りしている元被面接者は、約八十名……。

その八十人に対し、真介は今年の三月から一人ずつに手紙を書き始めた。内容は似たりよったりだが、まず原文の素案をパソコンで作り、それを各人の立場に合わせてすべて手書きでアレンジし直したと言う。

曰《いわ》く、自分の勤める会社が廃業になること、そして自分もこの面接官という仕事から足を洗うこと、将来はまだ決めていないこと、そしてもしよければ、あの面接を受けて退職後、あるいは会社に残った後、自分のこれからの生き方についてどう考えたかを、時間があるときに是非聞かせてもらえないか、という旨《むね》の内容を書いた。

そこまで聞いたとき、つい陽子は口を挟んだ。

「でも真介さ、あんたそこまでして、自分がやってきた事の何を知りたかったわけ？」

ところが返ってきた真介の言葉は、意外なものだった。

「事実としては、何も」

そう一言、突っ放すように言ってのけた。

「は？」

「だから、客観的な事実としては、何も」

「どういう意味？」

もともとさ、と真介は言った。「おれに好意的な人間しか残っていないんだよね、その手紙を書いたリストの相手には。だから、そういう人間のその後の話を聞いたところで、おれがやってきたことを客観的な事実として物語るものは、何ひとつ無い」

「……」

「それでもさ、会ってはおきたかったんだ。ああいう出会いの場とはいえ、おれにある程度の好意みたいなものが残っているから、会ってくれるんだろう。ひどくバイアスのかかったサンプルだけど、それでもある一面の相手の気持ちは感じられるだろう」

陽子は、今度は黙っていた。

しばらくして、果たして真介が口を開いた。

「いや……やっぱり違うな。たぶんおれは、納得したかっただけだ。自分勝手で、自分本位な動機だ」

それで、なんとなく陽子にも分かった。

この男は、自分の仕事の本質的な後ろめたさに、ずっと負い目を持ってきた。本当は自分を嫌っている相手にも会いたかった。だが、それは現実的に不可能だ。だからこそ、自分が会いたいと言って、受けてくれた相手にだけでも会っておきたかったのだろう。

たぶん、そうしなければ、この男は次の人生《フェイズ》へと進めない。

「で、その八十名のうち、何人くらいに会えたわけ？」

「返事があったのは、三十四人」真介は答えた。「で、そのうちに実際に予定が合って平日の夜に会えた人間が、二十五人。今は関東以外に住んでいる人もいたし、その移動もあるから、なるべく一日おきに入れた。だから二ヶ月かかった」

つまり、と陽子は思う。四月、五月の平日の夜は、ほぼ一日おきに昔の被面接者と飲んでいたというわけだ。

「で、何か見えたわけ」

いや、と真介は首を振った。その顔が、水面の照り返しを受けて眩しく光っている。

「でもまあ、やっぱりなんか納得できた。みんな、あんな場で出会ったにも拘わらず、ひどく好意的だったしね」

陽子はふと、ある古い映画を思い出した。『舞踏会の手帖《てちょう》』という、一九三〇年代のフランス映画だ。高校のころ、テレビの深夜枠でやっていた。

夫に先立たれた若い未亡人の話だ。子供はいなかった。広い邸宅の家財整理をしていると、二十年前の古い手帖が出てくる。十六歳で初めて舞踏会に出た時に、そのダンスの相手の名を刻んだ手帖だ。そして彼女は、その男たち十人を、次々と訪ねていくという話だ。当然、舞踏会に出ていた男たちの二十年後の環境は、色々と激変していた……。

「具体的には、どうだった？」

陽子はそんなことを思い出しながらも、真介に質問した。

「もう仕事は関係ないでしょ。だからさ、思い出す順に、いろんな被面接者のその後の話をしてもいいじゃない？」

　うん、と真介はあっさりとうなずいた。

「そうだなあ……例えば四年前に、大手の消費者金融に勧めていた男がいた。出身は静岡。慶応か早稲田だったかな？　仕事も出来た。男のおれが見ても凄《すご》いほどのイケメンだった。でも本人は、その自分の外見なんかにはとんと興味が無い。そんなこと、そいつの服装や髪型を見ればすぐに分かることだしね。そういう意味の自意識の低さでも、すごくいい感じだった」

「ふうん」

「おれ、今回その彼に会いに沼津まで行ってきたんだけど、今は地元で豆腐屋をやっている」

「え？」

「だから、豆腐屋」真介は繰り返した。「自分で豆から仕入れて豆腐を仕込み、ついでに豆乳も作って、それを店で小売している。基本は店頭販売だけだ。修業に二年かかって、一昨年《おととし》ようやく小さな店を出したらしい」

「……悪いけどさ、その彼、今は何歳？」

「ええと、たしか三浦さんは、三十四歳」

「いくら筋のいい師匠がいたからって、でも三十からでしょ、職人始めたの」言いつつも、陽子は他人事《ひとごと》ながら心配になる。「開店資金だってかかったろうし、第一さ、店頭販売だけで採算が取れるほど、豆腐屋って儲《もう》かるもの？」

「それは大丈夫みたいだった」真介は言う。「おれが行った時も、地元の人間らしき客がけっこう来ていた」

続く真介の言葉によると、こうだった。

その小さな店舗は、沼津中心部からやや離れたバイパス沿いにあったという。

『豆腐屋―とうふ・とうにゅう』……それだけの看板の小ぶりな店。

だが、内部には簡単な食堂も併設しており、真介が訪れたときも、その二つのテーブルは、何故か女子高生でいっぱいだった。小皿の上に盛った豆腐。鰹節《かつおぶし》をかけ、小ネギを刻んで乗っけただけの、半丁にも満たない豆腐が、売値四百円……高いような気もする。

だが、十代の女子高生たちはそれぞれに醬油《しょうゆ》を垂らし、さかんに豆腐をパクついている。

「だってさ、チーズみたいなんだもん、ここの豆腐って。ヤバいよ、クセになるよ」

真介も実際に食べてみて分かった。濃厚で、それでいてあっさりとしている。確かにこれは癖になる味だ。

その間も店頭のほうには、主婦らしき人間が次々と訪ねて来ている。店主の三浦はただ一人で、その両方の客を捌《さば》いていく。

「結局のところ――」

午後四時に閉店した後、その三浦というかつての被面接者で、今は豆腐屋の店主は笑った。

「最初の頃は物珍しさから、ここらあたりの主婦が買いに来ていたんです」

「なるほど」

「できればこの豆腐は、そのまま冷奴《ひややっこ》で食べていただけると、ありがたいです。そう言って、私は買ってもらってました」

やがて、その主婦たちはかなりの比率でリピーターとなった。リピーターがまた新規客を呼び込んだ。そしてその冷奴の味を覚えた主婦の娘たちも、ここに来るようになった。さらにその娘から味を聞いた大人たちも、豆腐を買いにここを訪れるようになった。

その後、真介は三浦に連れられるままに市内の居酒屋で飲んだ。

「あれでも正直、原価に対する売価はできるだけ抑えていますから、今日ぐらい人が来ても、そんなには儲からないですよ」

そう言って、三浦は笑った。記憶の中にある、いわゆる〝いい男〟とは多少違っていた。むろん相変わらずいい男だったが、それ以前に、もっと柔らかい顔つきの印象の男になっていた。人間、絶えず笑って暮らしていると、人相まで変わるものらしい。

店の維持費や光熱費、原材料代を差し引くと、一年で手元に残るお金は、約四百万……将来の保証のない自営業としては、確かに微妙だろう。

「けど、親子で食べていくだけなら、これで充分です。以前の貯金もありますし」

やがて、その奥さんも居酒屋にやってきた。

真介は陽子に言った。

「きりっとした感じの、美人の奥さんだったなあ。アタマも、とても良さそうだった」

聞けば、その彼女は三浦より四つ年上だと言う。腹部が少し出ていた。二人目の子供を妊娠中だという。

「面接当時、彼はすでにその彼女と結婚していた」真介はさらに言った。「おれも今回会って初めて知ったんだけど、そもそもは消費者金融会社での、彼の元上司だったらしい。当時は彼以上に出世頭で、ガンガン稼いでいたらしい」

「じゃあ職場結婚?」

いや、と真介が首を横に振った。「正確には、そうじゃない」

「なに」思わず陽子は言った。「そのさ、もってまわったような変な言いかた?」

「いやー、それがさー……」

続く真介の話によれば、こうだった。

真介も似たような質問をしたところ、二人は束の間黙ったまま、もじもじとしていたという。けれど、真介には勘で分かった。その雰囲気。その二人の、先ほどよりは心持ち寄り添ったような姿勢……たぶんテーブルの下で、二人は手を握り合っている。

「うわ」

思わず陽子は声を上げた。なんか凄い。純愛の世界だ。

ともかくも、お互いに相手を好きだと分かった時点で、いろんな事情から同じ会社には居られないと思ったらしい。そして、先輩の彼女のほうから身を引いて会社を去った。

「彼女はそれからクルマのディーラーの、歩合制の営業ウーマンになった。ここでもバリバリに仕事の出来る人だったらしい。夫婦でそれぞれ一千二百万ぐらいの年収があった。この時点で結婚している。夫婦合わせて二千四百万。で、彼が辞めた時の家庭の貯金が、合わせて四千万」

えっ――？

と陽子はふたたび内心で驚く。

さらに凄い。なんだかんだ言って、超パワフルに生きてきた夫婦だ。

でも、と三浦は言った。

今の暮らしのほうがはるかにいい。快適ですよ、と。

奥さんも笑ってうなずいた。

「けどさ、やっぱりおれは聞いたよ。『でもやっぱり、こういう自営業って、子供も二人目が出来ると、それだけの貯蓄があっても将来が心配じゃありませんか』って」

すると今度は、奥さんのほうが答えた。

まったく心配してませんよ、と。

どうしてですか、と真介は聞いた。

彼女は笑って、さらにこう答えた。

「こうやって楽しく生きられているだけでも、充分に儲けものですから」

ヒロが、と彼女は自分の旦那《だんな》のことを呼んだ。彼が毎日笑って仕事をしてくれていれば、何も言うことはない、と。

今度もつい陽子は言った。

「とことん愛されてるなーっ。その年下の旦那」

だーよ、と真介も笑った。

「相思相愛。まさしく真の、人生の勝ち組」

「ね、ね。ちょっと聞くけど、そのイケメンの旦那くん。若干頼りなくない？」

真介はうなずいた。

「ま、人が良いぶん、そんなところはあるね」

やっぱり、と感じる。おそらくはその彼女、子供や家庭のことはもちろん大事だろうが、それよりも何よりも、まずは自分の旦那の幸せ、旦那が自分に納得できる生き方を、常に最優先に考えている。いつも気にかけている。たぶん彼女がそうしたいのだ。

でもまあ、それはそれでいいのか……。惚《ほ》れ合っている夫婦の子供が——たとえ貧乏でも——少なくともその子供時代に不幸だったという話は聞いたことがない。

最後に、その三浦という男は、こうも語ったという。

「まあ、こんなか細い商売ですから、今が良くても、将来も永久に良いなんて保証は全然ありません。でも今の世の中、それは勤め人も似たようなものですし」

「……かも知れませんね」

真介がそう相槌《あいづち》を打つと、三浦もうなずいた。

ぼくも、この歳《とし》になって、ようやく少しずつ分かってきたような気がするんですけど——。

そう前置きをした上で、

「結局のところ、その時点その時点でのチョイスを、死ぬまで繰り返していくしかないんだな、って」

「はい？」

「世の中は変わっていくものでしょう？　いくら自分が現状のままで居たいと思っても、その世間との兼ね合いを含めて、どうしても状況は変わっていくわけで……」

三浦の話は一見、とりとめがない。

「だからむしろ、その事実を受け止めて今を生きるしかないんだなって、そう思います」

そのときの真介には、言っている意味がよく分からなかったと言う。

だからですね、と三浦は優しい口調で言葉を重ねた。「言いたいことは、簡単なんです。現時点で出来る判断は、懸命に考えてそれを下す。けど、ある程度まで考えても結論が出ない問題は、その時になってから、また考えればいい」

「……」

「自分への折り合い、ということですかね。今の時点で判断できないことは、また状況が変われば、その時に判断すればいい。そういう曖昧《あいまい》な自分を許しておく。というか、その時が来たら嫌でも判断せざるを得ない。そういう意味で、未来は常に不確定です。そしてその分だけ、気楽です。つまりぼくたちの今は、死ぬまでずっと連続した、一つの通過点でしかない」

そして三浦は、また笑った。

「そう感じ始めたら、なんだか人生、前より軽くなりました」

つい真介も笑った。ようやく分かった。

「最終結論の場はなく、それは死ぬまで持ち越していくって事ですね。生き方も含めて」

そうです、と三浦はうなずいた。「たぶん職業も暮らす環境も含めて、今という時間は、常に暫定《ざんてい》仕様です。むしろその無常を意識して過ごすことに、意味があるんじゃないでしょうか」

店を出て彼ら夫婦と別れる時、真介は長い間突っ立ったまま、二人の背中を見送った。

　これからこの二人の生き方は、どういうふうに変化していくのだろう。途中で二人は二回、真介のほうを振り返ってお辞儀をした。真介もまた、お辞儀を返した。真介は、二人が田舎町の闇《やみ》に溶ける寸前まで、じっとその背中を見送っていた。

「街灯の向こうに吸い込まれるとき、二人が手を繋いで歩き始めたのがうっすらと見えた」真介は言った。「同じリズムで歩調を合わせ始めた。彼らはさ、たぶん変わらないよ。少なくとも自分たちの関係だけは変わらないように、お互いがお互いを思っている。それが素直に、カッコいいなあって感じたよ」

　そうだろう、と陽子も思う。

　頑張りさえすれば、その手に入れた立場が死ぬまで続くと思えた能天気な時代は、すでに過ぎ去った。個々の環境がすぐに変化し、流動していく今の世の中では、その人間の社会的な立場も、それに伴う周囲の人間関係も、あっけないほど簡単に変わっていく。

　それは一見、プライベートのように見える人間関係でも変わらない。

　結婚のために結婚したような男女、同じ職場、同じ大学というだけで仲が良かった友人関係……そんなものは、外的な要因さえ崩れれば、あっという間に崩壊していく。社会的な利害、あるいは立場だけで繋がった人間関係は、簡単に膝《ひざ》を突き、崩れ落ちていく。

でも、その状況の中で唯一《ゆいいつ》変わらないものがあるとすれば、それは、おそらくは誰かを大事に思っているという、その気持ちだけだろう。その気持ちを互いに持ち続けられる人間関係だけが、かろうじて生き残っていく。

そんな意味のことを陽子がつぶやくと、真介も言った。

「生き方だってそうじゃん。ここで上がりっていうような一生安楽な人生は、官僚にでもならない限り、今の時代にはもう来ないよ」

「だよね」

そう同意すると、真介はうなずいた。

「おれ、他にもいろんな元の被面接者に会った」

そして真介が会った彼らは、そのほとんどが理屈ではなく、その感覚が分かっていたように思えたという。

「この時代、仮に今の仕事がうまく行っていたとしても、それで死ぬまで安泰とは限らない。ようはさ、そのリアルな事実を、どう受け入れて生きるかって話だと思う」

「さっき出た、自分への折り合いってこと?」

真介は首を振った。

「折り合いというより、むしろ、その不確定な未来を含めて今を楽しめるか、その気持ち。というか、覚悟の問題だと思う」

ほう、と陽子は思う。この男の口から「覚悟」なんて精神論的な言葉を聞くとは思わなかった。

「たとえばさ、『龍造寺《りゅうぞうじ》みすゞ』って歌手、覚えている?」

ああ、と思い出した。

八〇年代後半から九〇年代前半までは、かなり名の売れた歌手だった。R&B系のロックを歌って、特に一部の層からは熱狂的な支持を得ていた。が、九〇年代後半からパタリと消息を聞かなくなり、いったんは表舞台から消えた。

以来十五年ほどが経《た》ったが、この一年ほどで、また色んなメディアでその声や名前を聞くようになった。さらにR&Bの本質を追求した楽曲と歌い方になっているような気がする。

「その彼女を再び売り出しにかかって、成功したプロデューサーがいる」真介は続けた。「おれが以前に担当した、元被面接者だった」

これには驚いた。

「ほう?」

「彼はもと楽器メーカーの社員で、おれの面接を契機に、そのグループ内のレコード会社に転籍した」

自らがそのレコード会社の社長に直談判しての転職だったという。若い頃にバンド活動をしていて、小さなライブハウスなら満杯にするぐらいのセミプロレベルの腕前だったらしい。その社長が、その当時の彼を知っていた事も、幸いしたらしい。

「転籍した彼は、『リバイバル・プラン』——後には『フェニックス・プロジェクト』と呼ばれた、かつて売れていて、今も潜在的には充分にその実力を持つミュージシャンの発掘プロジェクトに乗り出した」

真介によると、一から新人を売り出して、そのミュージシャンが十年後に残っている可能性は千人に一人にも満たないという。そのプロデューサーになった人間は、以前に活躍していた歌手を、現在の音楽の志向性を含めてアレンジし直し、ふたたび売り出してみるという方法の方が、歩留まり的にはいいのではないかと考えた。

はあ、と陽子はまたうなずく。それで話が少し見えてきたような気がする。

案の定、真介は言った。

「そのフェニックス・プロジェクトの第一弾が『龍造寺みすづ』だった」

「なるほどね」陽子は言った。「で、また売れ始めた、と」

うん、と真介はうなずきながらも、「でもさ、おれが言いたいのは、また売れ始めたという、そこのポイントじゃないんだ」

「ん？」

「その龍造寺みすづ、彼の話によると、売れなくなった十数年前、自費で単身アメリカに渡った。ニューヨークでゴスペルの修業をやり始めた。そこで十年近く歌い続けて、日本に帰ってきた。帰国してからも自費制作でＣＤを出し続け、夏祭りやショッピングモールのイベントなんかで歌いながらも、細々と活動を続けていた」

真介の言わんとすることが、また分からなくなった。たしかに、歌い手を続けようとする凄い執念と努力の仕方だとは思う。

でも、あえて突き放した見方をすれば、そういう努力をしている人間なら、彼女以外にも、そして音楽以外の分野でも、いくらでもいるだろう。

「結局そこに見えるのはさ、売れなくなっても歌を歌いたいっていう、彼女の気持ちだったんだと思うよ。そういう意味で、変わらない気持ち」

しばし考える。……やっぱり言いたいことが分からない。

「ナニを言いたいの？」

つまりさ、と真介はつぶやくように言った。「さっきの話との繋がり……その本人を取り巻く状況も、世の中も凄く変わっていく。どんどん変わっていく。でも、変わらないものがあるとしたら、結局はその本人自身の気持ちだけだって。その生き方を変えるも変えないも含めて、本人自身の問題だって」

なるほど。

「結局、何かが好きなら、状況が許す限りはやり続ければいいし、これまでだと思えば、自分の選択において、納得して止《や》めればいい」

ふむ、と陽子はうなずく。

「で、真介さ、あんたは今後、どうしたいの？」

束《つか》の間《ま》黙ったあと、真介は答えた。

「うん――まあ、おれなりに考えていることはある」

だが、それ以上陽子が何を聞いても、真介は笑うだけで答えなかった。

挙句、こう言った。

「それはさ、今、具体的に言ってもしょうがないんだよ。山下の話もまだ不確定だし、さっきの話と同じ。言っている意味、分かる？」

陽子もこれには苦笑してうなずいた。

「分かる」

3

十日間が過ぎ、バカンスは終わった。二人はモルディブを後にして帰国の途に着いた。

途中、シンガポールで一泊をしたのには訳があった。

山下が今年の二月からずっと、東南アジア諸国をうろついている。以前のファンドの人脈から、タイ、ベトナム、カンボジア、インドネシアなどを旅行し、その各国の情況を僻地《へきち》まで足を延ばして見て回っている。遊び半分、視察半分といったところの長期滞在である。

その山下と、帰路のシンガポールで会う予定になっていた。

空港から中心部のホテルに着くと、山下は既にロビーにやって来ていた。Tシャツ姿で、デイパック片手にエントランスのソファにどっかりと腰を下ろしている。

その日に焼けた顔を見た途端、真介は思わず笑った。

ビーチリゾートにいた自分や陽子より、よっぽど日焼けしている。すっかりタイ人のような肌色になっている。よほど精力的に屋外を歩いて廻っていたらしい。が、そのわりには表情は冴《さ》えない。

おう、と山下が軽く手を上げた。

「よっ」

真介も笑った。そして隣の陽子と、チラリと顔を見合わせる。何を言いたいか伝わったようだ。陽子はかすかにうなずいた。

「部屋に荷物置いたら、すぐにまた降りてくる」真介は言った。「ちょっと早いけど、晩飯を食いながら、話をしようや」

山下はうなずいた。

「待ってる」

チェックインを済ませ、二十三階の部屋に向かった。荷物を解き、汗ばんだ上着を着替えている時に陽子が言った。

「山下くん、なんか元気がなかったね」

「うん」

答えながらも真介は、新しいTシャツに着替え、陽子を見た。陽子はこのままでいいと言った。

ロビーまで降りると、山下は相変わらず同じソファに腰を下ろしたままだった。

「おれの知っている店がチャイナタウンにある」山下は言った。「近いし、よかったらそこで飯を食わないか」

チャイナタウンがあるパゴダ・ストリートまでは、ホテルから近い。タクシーで行った。料金は山下が払った。

レストランに入り、五人掛けの円卓を囲んで座った。中級店といった感じの、肩の凝らない雰囲気の店だ。

「飲み物、何にする？」

山下が聞いた。

「おれ、チンタオ」真介は答えた。「陽子は？」

「あたしも一緒でいいよ」

結局、山下はウェイターにチンタオを三本頼んだ。それに、冷菜の盛り合わせや生春巻、豆苗《とうみょう》の炒《いた》め物など、適当な品を四、五品オーダーした。

チンタオで乾杯した直後、山下が軽く溜息《ためいき》をついた。

「さて、と……。結論から言う。半年前に言ったおれからの提案は、撤回だ」

「は？」

「少なくとも当分は撤回だ。駄目だ」

山下は菜箸《さいばし》でも放り出すように言った。

「理想は理想。現実は現実……資本の流出は止まらない。重工業のモノ作りに関する限り、日本からは人材も資金も出ていく一方だ……この流れは止まらない。だから、おれが半年前に言った仕事のやり方は成り立たない。実際に日本メーカーの製品として売られていくプロダクトの半分以上は、すでに外国製だ。それは別に構わないんだが、この傾向は、現地を廻った感じでは、これからもどんどん進んでいく」

おや？　と感じる。

「……でもさ、そんな時代の流れは、おまえがこうして色んな国を廻る以前から、充分に分かっていたことだろ？」

真介は口を開いた。

「現にこの一、二年で、対ドル円は、八十円から百五円にまでなっている。それでも国内調査では、仮にこの円安水準が続いた場合でも、海外の生産拠点を国内に戻すって答えた企業は全体の八パーセントにも満たない。流出が止まらないのは分かっていた話じゃないか」

そうだ、その通りだ、と山下はうなずいた。

「たしかにおまえの言うとおり、日本はこの円安でも、対外的には人件費や電気代などが高過ぎる。国内市場がシュリンクし続けていることもある。だから日本企業の海外流出の動きは止まらない」

「だろ？」

「でもさ、おれが最終的に確認したかったのは、そういう日本側の事情じゃないんだ。それはもう分かっていたことだ。おれが知りたかったのは、それよりも各国の現地側の状況だ。というか、現地に住む人間たちの心情というか、こだわりの部分なんだよ」

ん？　と思う。言っている意味がよく分からなかった。

つい隣の陽子の顔を見遣《みや》る。

「つまりは、自国のプロダクトに対する、それぞれの現地の人の想《おも》いが、どれだけ強いかってこと？」

そう陽子が言うと、山下はうなずいた。

「タイ、インドネシア、ベトナム、カンボジア……たとえば自分たちの国で、サムスン、トヨタ、ヒュンダイ、そういったメーカーに勝るとも劣らないような重工業の自国ブランドを作っていこうって気持ちは、やっぱりほとんどの国の人間が持ってないし、それ以前に自分たちの国では無理だと信じ込んでいる。その気持ちが変わらない限りは、日本、中国、韓国、台湾の現地進出は、永遠に続くだろう。それに応じて、人材の流出も日本から続く。もう一つの理由は、東南アジアのどこの国でも、経済界のトップは華僑《かきょう》が占めているってことだ。彼らは短期の利潤には敏感だが、長期の投資と産業育成を必要とする重工業には手を出したためしがない。まあ、彼らの歴史を考えれば当然なんだろうがね」

「ようは、こういうことか」真介は聞いた。「東南アジアで現地法人化が止まらないのは、日本経済界の意向もあるけど、その現状にいつまでも安住している相手側のお国柄もあるって事だな?」

山下はうなずいた。

「そ。結局はグローバル化は阻止できない。だから、おれはその方向での事業の立案を諦《あきら》めざるを得ない」

だったらさ、とさらに真介は言った。「逆に、そういう現地法人化のアドヴァイザーとしての会社を立ち上げればいいじゃないか」

しかし山下は、首を振った。

「やりたくない」

「は？」

「だから、それはやりたくない」

真介はやや驚いた。

この高校時代の一番の友達から、こういう台詞《せりふ》を聞いたのは初めてだった。

「なんで？」

一瞬黙り込んだあと、山下は答えた。

「勘だよ」まずは一言でそう答えた。「言い方は悪いが、グローバル化っていうのは詰まるところ、多国籍企業の現地の植民地化だ。富むのは大企業ばかりで国内では空洞化が起こる。特殊技能のない日本人への需要は、いつまで経っても上向かない。貧富の差がますます拡大していくだけだ。現にかつてのイギリスやフランスがそうだ。国自体は一時期だけ富んでも、大多数の人間はその恩恵には与《あず》かれない。アメリカも、国内の富の九十パーセントを握っているのは、わずか一パーセントの人間だ。そして二十年後か、三十年後かは分からないが、他国からの儲けを自国に戻すというやり方は、おそらくは失敗に終わる。歴史がそれを証明している。さらに国民の大部分は、貧困層になる。もうおれは、そんなことには、たとえアリみたいな存在でも手を貸したくない」

そんな意見を聞きながらも、真介の心配は別のところにあった。

「じゃあおまえ、これからどうするんだ？」

「分からんな」

山下は溜息をついた。

「まあ、当座の金はある。円が七十八円台になったとき、預金の殆《ほとん》どを外貨建てにしていた。それを今の時点ですべて戻す。おまえや陽子さんにだから言うが、一億と二千万はある。とりあえず日本に帰り、しばらくは今後の生き方をじっくりと考える」

思い出した。山下のここ七、八年ほどの年収は三千万を超していた。税金その他を引いても、年に一千五百万以上が残る計算だ。そのわりに生活は地味だった。おそらくは年に一千万ずつくらいは貯金していたのだろう。

「もうファンド系には戻らないのか？」

「戻るつもりはない」

「そうか」

たぶんこいつに、今後も経済的な心配はないだろうと思う。どういう形でも生きていける男だとは思っている。日々のランニングコストを捻出《ねんしゅつ》するだけの仕事なら、いざとなればチラシ配りでもコンビニのバイトでも平気で始められる男だ。そういう意味での本当の自尊心ぐらいは、持っている。

「おまえはどうなんだ。今後、どうするつもりだ？」

「おれも同じで、まだ考え中だ」そしてこうも付け加えた。「がまあ、なんとなくの方向は、あるにはある」

事実そうだ。前からうっすらとは考えてきたことでもある。この男からの提案が消えた現時点で、余計に現実味を帯びてきた。

ほう、という顔を山下はした。

「どんなのよ？」

うん、と真介はうなずき、しばらくためらってから話し始めた。

4

その晩、零時ごろに二軒目のバーで山下と別れ、陽子と真介はホテルに戻った。

真介が冷蔵庫から水のペットボトルを取り出し、キャップを開けながらベランダに向かっていく。陽子もまた缶ビールを取り出して、真介の後を追う。

二人してベランダのチェアに座った。夜景を見ながら、しばらくは二人とも無言で、ぼんやりとしていた。

が——、

「真介さ」

と、やはり陽子は、つい話しかけてしまっていた。なにせ先ほどの話は、陽子にも初耳だったからだ。

「さっきの件だけど、やっぱりやってみるつもり？」

「うん」真介が軽く答える。「瓢箪《ひょうたん》から駒《こま》みたいな流れだけど、まあ成り行きに任せてみるのも、一つの手かなと思ってね」

でもさ、とまた陽子は言葉を重ねた。「それって、仮にやるとしても、またストレスが多い仕事だろうし、第一仕事として成り立つの？」

「ま、そうだね」と、真介もそういう側面については素直にうなずいた。「純粋に仕事としてみれば、またシビアな部分もあるね」

「でしょ？」

「でもさ、同じ人の人生を扱う仕事でも、今度は、もうちょっと前向きな仕事かなぁって思ってさ」

「まあ……」

きっかけは、レコード会社に転籍した元楽器メーカーの社員に、一ヶ月ほど前に会った時だったという。

そのフェニックス・プロジェクトとやらで、かつて売れていたミュージシャンを、自分の所属するレコード会社に転籍させなければならない。

これがね、なかなか大変なんですよ、と相手は語ったという。たいがいの場合は細々とでも契約が残っているし、そのミュージシャン本人も誘われてはみたものの、いざとなるとやはり迷う。その後の人生を変える問題だけに本人もナーバスになっており、些細《ささい》な言葉の行き違いで話がこじれることもある。

「で、ここで村上さんの話になるんだけどね」と、その年上のプロデューサーは語ったという。「良かったら、うちの会社でそのリクルーティング役をやってみるつもりはない?」

言われた瞬間は真介も驚いたという。そして咄嗟《とっさ》に反応した。

そんなこと、とても私には無理ですよ、と。「もともと音楽業界なんて、専門外ですし」

すると相手は、さらに言ってきた。

「いや。あなただったら出来そうな気がする。逆にぼくらは音楽に関しては専門だけど、じゃあそのミュージシャンをどう説得していくかという問題になると、まったくの素人《しろうと》もいいところなんだよ」

言われてみれば、組織に所属する人間を、その相手のいろんな環境を含めて考えさせた結果、辞めるなら辞める、辞めないなら辞めない、という決断をその相手に迫るのが、ずっと自分の仕事だった——そう真介は思った。

たしかに相手の状況を分析して、現段階でその組織に合うかどうかを判断の上で説得するなら、お手のものだ。

案の定、そのプロデューサーはそこまで見通して真介を誘ってきたらしく、音楽に関する専門的なことは自分が相手に伝えるから、と言ったらしい。

真介には、その移籍の局面において相手が当然抱くであろう不安や迷いを、色んなパターンを想定して取り除きつつも、こちらに転籍させるというメンタルな側面での仕事をしてくれればいいと言う。

しかし、真介は訊《き》いた。でも、なんで私なんですか、と。

「正直、私のような仕事をしていた人間は、多いとは言えませんけど、それでも百人単位ではこの日本に存在していると思います。現に、今回会社が無くなって、新たな道を模索している元同僚たちもそうです。もし私が引き合わせれば、べつに私じゃなくても、彼らでもいいのではないんですか？」

するとともう相手は、にっこり笑って、こう口を開いたという。

「じゃあ聞くけどさ、その元同僚とやらで、今の君のように、かつて自分が担当した相手を会社を辞めた後で、しかも自腹を切ってまで訪ね歩いているような酔狂な人間が、一体どれぐらいいると思う？」

この問いかけには、真介も思わず言葉を無くした。

相手はもう一度笑い、さらに聞いてきた。

「ねえ、何人ぐらい居ると思う？」

同僚の顔をいくら思い浮かべても、そういう意味不明のことをやっている人間は自分ぐらいしかいないだろうと、その時の真介は思ったという。

そして、そう答えた。

「たぶん、私一人だと思います」

「ぼくもそう思う」

すかさず相手が同意してきた。そして、さらに熱心に言葉を重ねてきた。

「つまり、そういうことなんだよ。面接し終わった後、おそらくはもう一生会わない人間に対してお礼のメールを送信し、毎年年賀状を出し続け、しかも自分が辞めた後に、こうして繋《つな》がりが残った面接者には会いにくる。たぶんそのどこの段階でも、村上さん、あなたには会いたくないと思って、無反応だった人間が大多数だったろう。だからたぶん、相当に虚《むな》しい思いもしたはずだろう。それでも、会わなくてもいいのにこうして会っている」

「……」

「そして実際に会ったところで、お互いの現状の何が変わるでもないし、その後の生活が具体的に何か変わるでもない。それでも、実際にそういうことを出来る人と出来ない人では、その後の生き方の質が決定的に違ってくる。少なくともぼくはそう思っている。そして、最終的にそういう人間じゃなくては、ある人生の局面に立った人間の気持ちを動かすことは出来ない」

だから、と相手は真介に言った。

「君を、こうして誘っているんだ。専門的な知識なんて、あとからいくらでも付いてくる。結局は、気持ちなんだよ。あの人は今どうしているだろう、ってたまに想像できる気持ちを、仮に会わなくても持ち続けていられる人間だけが――逆説的だけど――実際に会ったときに、その相手に納得できる何かを与えることが出来る。そしてそういう人間は、ただ思っているだけの人でも少ないけど、実際に行動に移す人間は、さらに驚くほど少ない。おそらくは、ほとんど居ないと思う」

「……」

「人はさ、いくら理屈が通っていたとしても、言葉だけじゃ動かないよ。それを裏付ける気持ちを持つ相手に対してだけ、動くんじゃないかとぼくは思う。そしてその気持ちは当然、動きにも出る。あなたが今、やっていることがそうだと思う」

なるほど、と真介は思ったという。

そしてその提案を、しばらくは前向きに考えてみるつもりになったらしい。

「まあ、今も最終決定ではないけどね」

真介はベランダから見える港の夜景を眺めながら、そう言った。

「でもまあ、そこまで言ってもらえるなら――ほら、山下の会社の話も流れそうだし――そこで働いてみようかなっていう気持ちにもなり始めている」

「いいんじゃない？」

何故《なぜ》か不自然なほど気軽に、その言葉が出てきた。言いながらも自分に驚いた。

「その仕事、慣れるまでは大変だろうけど、きっとうまく行くよ」

ついでにそんな無責任な言葉まで口走った。

真介が苦笑した。

「なんで、そうかるーく言えるわけ？」

陽子もつい笑いながら、答える。

「でも、じゃあ違うわけ？」

いや、と真介も笑った。「たぶん当たりだ。そうだと思う。陽子の言うとおりだ。おそらくはうまく行く」

「だよね」

同意しながらも、不意に思い出した。

もう、四半世紀以上も前のことだ。

「あのさ、今思い出したけど、こんなことがあったのよ」

大学入試の二次試験の、会場でのことだ。陽子が受けた学部の競争率は五倍。つまりは五人に四人は落ちるというわけだ。当然、周囲は全員ライバルだった。みんな、試験初日の朝で緊張しまくっていた。

が、隣の席の受験生と、ひょんなことから知り合いになった。前夜、陽子は緊張のあまり一時間しか眠れていなかった。完全に睡眠不足だ。眠たそうにしていた陽子に、彼女がガムを差し出してきたのだ。

「よかったら、食べる？　ブラックブラックガム」

陽子は、ガムはあまり好きではなかったから断ったが、彼女への好意は残った。周囲が最終の追い込みで参考書に無言で顔を突っ込んでいる中、なんとなく二人でひそひそと世間話を続けた。今さら試験直前の十五分ぐらい勉強しても仕方がない、という気持ちもあった。それよりも、この人柄の良さそうな相手ともう少し喋《しゃべ》って、リラックスしていたかった。

試験が始まる直前、彼女はこう言った。

あのさ、頑張ろう、と。

「もし二人とも受かったら、友達になれるじゃん」

だから、頑張ろう、と。

うん、と陽子も笑ってうなずいた。

そこまでを話すと、黙って聞いていた真介も微笑《ほほえ》んだ。

「分かった。あとの結果は、もう聞かなくても分かるわ」

「でしょ？」陽子も苦笑した。「だから受かったんだよ、二人とも。理屈じゃうまく説明できないけど。少なくとも隣と話もしていない他の人たちよりは、能力が同じなら、合格する可能性がうんと高かった」

「分かる、分かる」

「で、あたしたちは今も、お互いにずっと友達」

真介はもう一度笑った。

「ええ話やー」

でしょー、と陽子ももう一度繰り返した。

5

今、佐久間香織は湘南《しょうなん》――七里ヶ浜にいる。

「ブック・ナビゲイター」という書店に就職して、ほぼ一年が過ぎた。文芸書コーナーの担当をしている。仕事がら、本を読むことが前よりもさらに多くなった。けど、たまには活字の海にウンザリすることもある。

そんな平日の休みに、たまに海に行く。

その気になれば、実家からもそんなに遠くはない。大和駅から小田急江ノ島線で藤沢駅まで出て、江ノ島電鉄に乗り換える。藤沢から七里ヶ浜の駅まで、トコトコと約二十分の距離だ。

さらに七里ヶ浜の駅から海沿いに十分ほど東に歩くと、香織のお気に入りの場所がある。

七里ヶ浜ファーストキッチン。

この店だけが、海沿いを走る国道134号線の、海側に建っている。店内とボードウォークになっているテラスからは、海しか見えない。

他の七里ヶ浜のレストランのように、国道を挟んでクルマやトラックの煤煙《ばいえん》と騒音に塗《まみ》れて海を見ながら、ご飯や飲み物を食べなくてもいい。

店の左右に、だだっ広い公共駐車場が伸びているのも気に入っていた。

テラスや店内に座って、ぼうっとしていると、その広い駐車場を様々な人が横切る。犬連れの散歩をしている熟年夫婦や、海から上がったばかりのサーファー、堤防に腰掛けて何か喋っている女子高生など、誰もが楽しそうだ。クルマやバイクで来た人間たちも、ボードウォークのテラスで、ハンバーガーを食べている。

その食べ物を狙《ねら》って、晴れ渡った天空ではトンビが幾羽も飛び交っている。

その全体の雰囲気が、なんとも言えず心地よい。

七月初旬のこの日の午後も、香織はこの店にやってきていた。店内窓際《まどぎわ》の、止まり木に座って、ぼうっとテラス越しの海を見ていた。

と、一台のクルマが江ノ島方面から駐車場の中に入ってきた。駐車場の中をファーストキッチンまでゆるゆると近づいてきて、止まった。

二人乗りのオープン・カーだ。真っ赤なメタリックのボディが目に突き刺さる。クルマ音痴の香織も、さすがにそのクルマは知っている。たしか、ユーノス・ロードスターという名前の古いクルマだ。でも、とても綺麗《きれい》だ。新車のように輝いている。幌《ほろ》を開けたままの車内には二人、男が座っていた。男同士でこの湘南をドライブとは、珍しいな、と感じた。

二人はクルマを降り、香織のいるファーストキッチンに近づいてくる。窓の向こうのボードウォークを通り過ぎた時、そのうちの一人の横顔が見えた。

ん？

なんか見覚えがあるな……。

そう思っている間にも、二人は店内に入ってくる。レジカウンターでハンバーガーセットを注文しているその男の声が耳に入ってきた。やはり聞き覚えがある。

まろやかな、独特のテンポのある声。

――ようやく思い出した。

あの男だ。一年前に以前の会社を辞めるときの、面接の担当官だった。

よく思い出したもんだ、と変に自分に感心する。

反面、それもそうかもしれない、と今度は思い直す。

去年の七月に、ほぼ毎週三回も立て続けに面談をしたのだから。

ご丁寧にも、面接が終わった後に、ご挨拶《あいさつ》のメールがやってきたことも思い出す。

一瞬迷い、なんとなく香織も儀礼的に返信を返した。むろん、当たり障《さわ》りのない内容だ。

それからはこの面接官のことなどすっかり忘れていたが、さらに驚いたことには、今年の年賀状まで来た。

村上？

最初は誰か分からなかった。が、年賀状の裏にあった手書きのコメントで、ようやく思い出した。

こんな内容が書いてあった。

「先年の七月に、公文書店で面接を担当させていただきました村上です。お元気に働いておられますか？　私が言えた義理ではないかもしれませんが、その後のご多幸をお祈りしております」

というような内容だった。

もう一度、年賀状の表を見た。東京の三鷹《みたか》市在住、となっていた。

ああいう面接官って、ここまで丁寧なものなのか？　あるいはこの男が、元々そういう気質なのか？

どちらにしても、強く印象に残った思い出がある。

が、香織はやはり年賀状は出さなかった。

年賀状の返事を出すにしても、なんてコメントを書いていいか分からなかったからだ。

今、その村上がレジカウンターでハンバーガーセットを受け取った。香織は慌《あわ》てて視線を正面に戻す。窓越しの海を眺めているふりをする。村上とその友人と思《おぼ》しき男が二人、香織の背中を通り過ぎていく。

タイルの上の椅子《いす》を動かす音が、背中から響いてくる。香織の座っている位置から、やや斜め後ろのテーブル席に座ったようだ。

やがて二人の会話が聞こえるともなく聞こえてきた。

「つーか、おまえもう半年だろ？」

村上の声が聞こえる。

「おまえだって三ヶ月もプー太郎じゃん。五十歩百歩だろ」

相手がそう答えた。

香織は驚いた。この村上、あの仕事を辞めたんだ。

というか、この男二人は今、そろいも揃《そろ》って無職なのか？

「おれはいいんだよ」村上がさらに言う。「仕事も誘われてるとこ、あるしさ。おれ自身、まあ、やってもいいかな、って気にもなっているし」

相手のいかにも大げさそうな溜息が聞こえる。

「スカウトマンねー」

違う、と村上が言い直す。「ヘッドハンティング」

「相手はミュージシャンだろ。やっぱりスカウトマンじゃんかよ」

「おれのことはいいよ」村上がやや声のトーンを上げる。「問題は、おまえ。半年も経って、まだ何も具体的に決まってないじゃないか」

「まあ、食うに困ってるわけでもなし、別にいいだろ」

「良くない」村上が切って捨てる。「四十前のいい男が、いつまで経っても無職じゃ仕方がないだろ」

「だから、それはおまえも一緒だろって」相手がさらに反論する。「おまえだって、まだ保留じゃん。最終決定はしてないだろうが」

「そりゃま、そうだけどさ……」

香織は海を見続けたまま、そんな会話をぼんやりと聞いていた。

四、五人組の若いグループが入ってきて、店内が多少騒がしくなった。

村上たち二人の会話は、途切れ途切れにしか聞こえなくなった。が、再就職の話から、女性の話に変わったらしいことは、かろうじて分かった。

「……」

どうやらこの村上には年上の彼女がいるらしい。相方には今、付き合っている女性はいないようだ。

やがて村上たちはハンバーガーを食べ終わったらしい。テーブルの上をカサコソと片付けていると思しき音が聞こえ、それから立ち上がったらしく、椅子がガタガタと音を立てた。

帰るのかと思った。香織はつい、ちらりとそちらのほうを見てしまった。

途端、村上と目が合った。

あれ？

という表情を村上が浮かべた。トレイを持って踵《きびす》を返そうとしていた、その動きが止まった。

束《つか》の間《ま》の呼吸のようなものだ。思わず香織はお辞儀をしてしまった……。

結局は、店の外のボードウォークでしばしの立ち話となった。

村上に聞かれるままに、香織は自分が書店に再就職したことを語った。

村上は笑顔になり、それは良かったですね、と言った。心底そう思っているようだった。

あのぅ、と香織は、やや言い訳めいた口調になった。

「年賀状、ありがとうございました。でも、返さなくてスミマセン」

あぁ、と村上は苦笑した。「いいんですよ。そんなこと気にしないでください」

そうそう、と村上の友達も軽く相槌《あいづち》を打つ。

「だってさ、首切りの面接官なんかに、返事を返す義理もないからねー」

「おまえが言うな」

すかさず村上が返す。つい香織は笑った。

村上の友達が言う。

「ところでさ、佐久間さんだっけか？　あなたはどうやってここまで来たの？」

ええと、と香織は答えた。「七里ヶ浜の駅から歩いてきました」

そう、と相手はクルマのキーを取り出しながら、あっさりとうなずいた。

「じゃあさ、真介、おまえは七里ヶ浜の駅まで歩いて来いよ」

「は？」

むろん香織も、えっ？と思った。さらに男は話を続ける。

「おまえの罪滅ぼしだ」そう、村上に向かって笑った。「おれが、彼女を駅まで送り届ける。せいぜい十分ぐらいだろ。待ってる」

……ん？

ええーっ。

香織は心底遠慮した。それ以上に腰も引けていた。何度も断ったが、相手は頑として応じようとしない。いいんだよ、いいんだよ、と笑って、厚かましいほどの親切心をゴリゴリと押し付けてくる。

結局は、泣きそうな気持ちになりながらも根負けした。

村上をファーストキッチンに残して、ロードスターの助手席に乗り込んだ。

駐車場から国道に出た。海沿いの道を、クルマはゆっくりと進んでいく。七月の湘南は意外に混んでいる。遠くに見える信号が近づくにつれ、ペースは遅くなった。ジョギング程度の速度で、のろのろと進んでいく。

これなら歩いたとしても、そう時間は変わらないかもしれない……。

その村上の友人は、意外にも運転中は無口だった。香織も何を話していいか分からなかったから、黙っていた。しかしお互いに無言でも、クルマに屋根がないせいか、思いのほか気詰まりな雰囲気にはならなかった。

香織は海風に吹かれながら、ぼうっと助手席に乗っていた。

と、相手が口を開いた。

「佐久間さん、さ」

「はい？」

相手は正面を見たまま、のんびりと言葉を続けた。

「今の自分の仕事って、面白い？」

少し考え、答えた。

「面白いっていうか、自分なりに遣り甲斐《がい》は感じてます」

そっか、と相手は大きくうなずいた。「なによりだね」

「はい」

「おれも村上もさ、これから見つけなくちゃね、そんな仕事。お金は必要だけどさ、でもやっぱりお金のためだけじゃあ、チト辛《つら》い」

「……そうですか」

うん、と相手はうなずいた。「やっぱりそうだと思う」

クルマは一つ目の信号を右折した。川沿いに百メートルほど内陸に進む。左手に橋がかかっており、駅はその橋のすぐ先だ。

ロードスターは橋の袂《たもと》で停車した。

「じゃあ、ここで」

はい、と香織はそそくさとシートベルトを外し、クルマから降り立った。

「送ってもらって、どうもありがとうございました」

そうお礼を言うと、村上の友人は微笑んだ。

「電車が来る頃には、あいつも来るだろうから」

そう言って、七里ヶ浜の駅を指差した。

つまりは村上を待つ必要はないということだ。もう駅に行きなさい、と言われているのだ。

一瞬迷ったが、結局はその言葉に従った。待つぐらいなら、駅まで送ってもらう必要はなかったのだから……。

もう一度相手にお辞儀をし、駅に向かった。一分も歩かないうちに駅に着き、改札を抜けて、ホームに立った。

通り沿いに見える橋を振り返る。低層ビルの隙間《すきま》に見える。ロードスターは、まだ橋の袂に停まっている。

やがて、チンチンと遮断機の音が聞こえ始める。

香織はなおも突っ立ったまま、ロードスターを見ていた。

ようやく、ビルの陰からひょっこりと村上の姿が現れた。こちらを見て、おそらくはホーム上の香織に気づいたのだろう、大きく手を振ってきた。その友人も振っていた。

コトコトと、江ノ電がホームに入ってくる。

たぶんもう、会うことはない……そう思うと、香織もつい笑顔になり、いつもに似ず大きく手を振ってしまった。村上も友人も、もう一度手を振ってきた。

江ノ電に乗り込んだ。もう一度、橋を車窓越しに振り返った。

ちょうど、村上が助手席のドアを開けたところだった。

あとがき

二年ごとに一冊ずつ書き続けたこのシリーズも十二年が経《た》ち、とうとう完結とさせていただくことと相成りました。個人的にも感慨深いものを感じております。

二〇〇四年からこの『君たちに明日はない』シリーズを書き始めたそもそもの動機は、これから先も日本の経済は、かつての『昭和』のような右肩上がりの高度経済成長の状態が復活してくることはないだろうと感じていたことから始まります。

これは、かつてこのシリーズを雑誌に連載し始めた時も、最初の一巻目が出て十一年が経った今でも、相変わらずそう感じていることでもあります。

むろん私もそうなって欲しいと思っているわけではなく、出来れば「右肩上がりの日本経済」が復活するのに越したことはない。しかし、今後の様々な社会的要因を考えるに、おそらくはそういう方向に日本がもう一度向かうことは難しいのではないのか、と……。

その最も大きな理由は、今後も日本の人口は減り続けることがほぼ間違いないと予測されており、当然それによる内需の拡大が見込めないからです（一部の、輸出で稼ぐ巨大メーカーとその社員は除きます）。日本はよく貿易立国だと思われていますが、その実は内需が経済の八割以上を回しており、それをベースにしたヒト・モノ・カネの循環で成り立っている国なのです。

同時に、年金制度も、私たちがそれを支払い始めた当初の前提（その支給開始時期や支給内容）が大きく変わり始めています。

この人口減による内需の減少はすでに一九九〇年代の当初には、一般人でさえ普通に考えても易々《やすやす》と予想出来たことであり、それを分かりながら放置していた政治家や官僚の怠慢・無責任さを論《あげつら》うことも出来るでしょう。

しかし、私の論点はそこにはありません。犯人探しなどに意味はありませんし、そもそもこの国と言うものが国民の投票により代議士を選び、あるいは働くということにより経済活動に参加することで成り立っている以上、具体的な『犯人』など、いくら捜しても出てこないものだと感じます。つまり、責任の一部は常に私たちの一人一人にもある。

では、こういう社会情勢や経済状況を踏まえた上で、私たち個人個人は今後、仕事を通してどういうふうに生きていくのか――これが今回のあとがきのお題であり、前述の『君たちに明日はない』シリーズを書き始めた動機でもありました。

結局のところ、主人公の村上真介は、本人が意識せずとも、常にリストラ対象者に問いかけ続けている。

「あなたにとって、仕事とは何ですか？」と。

これが、このシリーズのテーマとして書き続けてきたものです。

金のためか、個人の生活の安定・保障のためか、出世のためか、あるいは「大企業に勤めている」という社会的な見栄《みば》えや誇りを、自分の社会的存在理由《アイデンティティー》の一部とするためか、そういう意味を含めて、個人的な金銭的・社会的な栄華を目指しているのか……。

ですが、日本の経済がダウンサイジングを余儀なくされている昨今、さらにはグローバリズムの波がすべての国の護岸を絶え間なく洗い削りつつある今では、そうした実利面だけの動機付けで仕事をする事は、その時々の社会情勢や企業の業績によって賽《さい》の目がコロコロと変わるリスキーな生き方ではないかと、個人的には感じています。

私の友人や知り合いの人生を長いスパンで見続けきて、しばしば感じてきたのは、「金儲《かねもう》けのためだけに仕事をしている人間は、大体の場合、いつかその金に足元を掬《すく》われる」ということです。

あるいは、こう言ってもいいかも知れません。

「いつの時代でも、金儲け、あるいは金を稼ぐためだけに仕事をする人間は、永久にその仕事から報われることはない」と。

誤解して欲しくはないのですが、私は前記のことを、教訓や倫理の問題として言っているのではありません。ごくごく現実的な、処世の問題として語っているのです。何故《なぜ》なら、貨幣の本質とは（その時点における）等価交換にしか過ぎないからです。金のためにだけに働いたストレスと澱《よど》みは、それと同じ分だけの金を散財しなくては、等価交換にはならない。儲けたお金を消費の奴隷となって社会に還元することでしか、内的に満たされない。だから、その収支は永遠に精神的な火車状態となる。

その反面で、私は周囲の（別の種類の生き方をする）人間を見続けてきて、こう感じてもいます。

「その仕事に自分なりの意味や社会的な必然を感じている人間には、お金が目的で仕事をしていなくても、不思議と必ず後からお金がついてくる。少なくとも食うに困らないぐらいは、常に彼あるいは彼女の元に集まってくる」と。

あるいは楽観的に過ぎる見解かもしれません。それでは、この社会の現状でどう生きていくか——。

私自身が仕事について深く考えるようになったのは、現在のモノ書きになってからです。そしてしみじみ思うのは、やっぱりお金のためだけに続けるのは、仕事はツライ、ということです。この二十年間で日本の経済はどんどん悪くなっているし、前述した通り、残念ながらこの先も明るいとは言えません（二〇二〇年の東京オリンピック開催までは、一応の執行猶予《しっこうゆうよ》は付きましたがね）。

テレビや雑誌も「格差社会」とか「終身雇用制度の崩壊」とか大袈裟《おおげさ》な見出しをつけて将来への不安感を煽《あお》ろうとします。けれども、それは給料や昇進などの待遇が悪くなったり、その企業が最悪でも倒産するということで、本来の仕事の楽しさ、それを自分がやる意味とは、別の問題として考えたほうがいいのではないでしょうか。

私の大学時代の友人の話ですが、大企業を辞め、ボランティア活動を立ち上げ、それを仕事とし、十年前の当時、月収五万円で『優雅』に暮らしていた奴《やつ》がいました（現在は活動の幅を広げ、収入はもっと増えていますが・笑）。その彼が言うには、「（仕事を通して）今を楽しめていない奴は、将来も楽しめないよ」――その通りだと思います。自分の興味が持てることを探して、それを仕事にする。あるいは、その仕事を通じて社会に参加する意味を持てるような自分を、自分の周囲の環境から作り上げていく。そうすれば、とりあえずは食うだけのお金があれば、納得もできるし多少は厳しい現状にも耐えられるのではないか。なによりも現行の『あと出しジャンケン』同然の年金制度などに完全に頼らずとも、死ぬまでその仕事を続けてもいいや、と思えるかもしれません。

いや……それ以前に、現政府が躍起になって進めているインフレ政策は、景気回復の側面もあるにはありますが、それ以上に、国家の赤字を実質的に圧縮していく側面も大いにあるではないか……ついそんなふうに考えてしまいます。

ちょうど、「借金苦の人がハイパーインフレを望む」構図と酷似しているように思えます。そうでなければ一千兆円以上にものぼる借金は、今の物価のままでは到底返済できない。つまりは一千兆円が、いつの時期にか三百兆とか二百兆までの実質的な価値に下がるようなインフレ政策……ということは、年金も当然、支給される額は同じでも、その時の日本銀行券の価値は目減りする。現在で、仮に十万円支給の価値が、将来的には三万とか二万ぐらいの価値しか持たないということとなります。

ですが、そうならなければ（この前のギリシアに見るように）国家財政は最悪の場合破綻《はたん》して、日本銀行券は紙屑《かみくず》同然になってしまう可能性も消しされません。

え？　それ以前に国がインフレ政策無しに財政を立て直すかも知れない？

うーん……無理だと感じますね。官僚体制はその本来の性質上、国家の滅亡が来ない限り、膨張と増殖を続けるものです。当然、その支出も現在の国体が維持されている限りは増え続ける。国の経済規模はシュリンクしても、官僚組織全体の規模は決してダウンサイジングしない。それが良いとか悪いとかの話ではなく、今までの世界の歴史が証明しているように思います。

ちなみに平成二十八年度の一般会計予算は、約九十七兆円……その四割は借金で賄っているというのに、今もどんどん膨張を続けているのが現状です。

さらに言えば、かつて国や地方が手がけた（民間にも出来る）事業は、第三セクターの例を引くまでもなく、そのほとんどが破綻しています。はっきりと言いますが、自分のリスクにおいてお金を捻出《ねんしゅつ》していない（あるいはそのケツ持ちの覚悟がない）人間のやる事業など、そもそも成功する確率はほとんどない。しょせんは他人から税金で掻《か》き集めてきたお金を流用して始めた、「他人事《ひとごと》の事業」なのですから。

そう考えてくれれば、やはり今のところ、そんな国のやっている年金制度などは補助的にしか当てにできませんよね。皆さんも義務だから払っているでしょうが……。

結局のところ、このような不透明極まりない現状に対する一番の予防策は、死ぬまで継続しても納得できるような仕事を見つける、あるいはその第二の人生に合わせた環境づくりを自ら行い、社会参加をしていく。そして、あくまでもその結果として物価スライドに合わせた日銭を得ることが、そのような人的繫《つな》がりを相互に持つことが、個人個人の最も安心できるセイフティーネットになるのではないでしょうか。

そういう人間が今後もっと増えたら、不景気とか年金削減とか国民の人口減とかの問題以前に、もう少しは、みんなが明るい顔をして歩けるような世の中になるんじゃないかな？と思っています。

もし国や現行制度を不安に思うのなら、まずは個人個人でなんとか遣《や》り繰りしていこう、自分でできる事（主に仕事）を探し、または作ろう、そして選挙に行こう、という話です。

少なくとも私は、死ぬまで働き続けていくつもりです。また、この気持ちに関して悲壮感も感慨も特にありません。ただ、「そっちのほうがいいだろうなあ。かえって自分は安心できるだろうなあ」と思っているだけです。

逆に言えば、そういう仕事や生き方を、個々人が今それぞれの目の前にある現状の中で自覚的に立ち上げてゆくしか、今後の（万が一の）社会情勢に備える有効な手段はない。少なくとも将来に対して、それくらいの気構えはしておいたほうがいいのではないか……。

さらには――そうした社会情勢や年金問題以前に、これが最も言いたかったことなのですが――人の幸せというものには様々な形があると思っておりますが、

「一生現役として、そこそこ楽しく（経済的に自立しながら）仕事を続ける。あるいは一生、人から求められている仕事あるいは社会活動を通して、この人の世に参加を出来る状況にある」

というこども、幸せの一つの形である。

そういうふうに私は感じています。

そして、そんな様々なことを考えさせてくれた『君たちに明日はない』のシリーズを書くことは、私にとってもけっこうな救いでした。

日常生活ではほとんど何も考えずに生きている愚かな私ですが、この小説を書いている時は、仕事をする意味というものを真剣に考えさせられることが多々ありました。一話ぶんの話を作るために実際にその業界にいる人々に取材し、その取材を小説として起こす度に、自分の中に何事かの発見があり、それによって私の仕事観や社会観もまた変容していく……。十数年間ずっと「仕事とは何か？」を考え続けてきた意味は、今後の私にとっても大きな指針になると思っています。

できれば読者の皆さんにとっても、そうであって欲しい。

ですが、そうやって色々と考えてきた仕事観や社会観も、結局は現時点での暫定仕《ざんていし》様《よう》でしかないのだろうと感じています。社会や人間関係が次のフェイズに行けば、これまでの考え方や方法論が通用しなくなって、また自分をリストラ（再構築）していかなくてはならない……それが、生きていくということなのでしょう。

最後になりますが、スペインの思想家であるオルテガ（一八八三―一九五五年）の言葉を引いて、このあとがきの終わりと致します。

「実際の生とは、一瞬ごとにためらい、同じ場所で足踏みし、いくつもの可能性の中のどれに決定すべきか迷っている。この形而上的《けいじじょうてき》ためらいが、生と関係のあるすべてのものに、不安と戦慄《せんりつ》という紛れもない特徴を与えるのである」

（『大衆の反逆』一九三〇年）

皆さま、長い間ご愛読いただき、ありがとうございました。

二〇一六年九月

垣根涼介

この作品は二〇一四年五月新潮社より刊行された。

垣根涼介著　君たちに明日はない
山本周五郎賞受賞

リストラ請負人、真介の毎日は楽じゃない。組織の理不尽にも負けず、仕事に恋に奮闘する社会人に捧げる、ポジティブな長編小説。

垣根涼介著　借金取りの王子
―君たちに明日はない2―

リストラ請負人、真介に新たな試練が待ち受ける。今回彼が向かう会社は、デパートに生保に、なんとサラ金!? 人気シリーズ第二弾。

垣根涼介著　張り込み姫
―君たちに明日はない3―

リストラ請負人、真介は戦い続ける。ぎりぎりの心で働く人々の本音をえぐり、仕事の意味を再構築する、大人気シリーズ！

垣根涼介著　永遠のディーバ
―君たちに明日はない4―

リストラ請負人、真介は「働く意味」を問う。CA、元バンドマン、ファミレス店長に証券OB、そしてあなたへ。人気お仕事小説第4弾！

垣根涼介著　ワイルド・ソウル（上・下）
大藪春彦賞・吉川英治文学新人賞・日本推理作家協会賞受賞

戦後日本の〝棄民政策〟の犠牲となった南米移民たち。その息子ケイらは日本政府相手に大胆な復讐劇を計画する。三冠に輝く傑作小説。

新潮社ストーリーセラー編集部編　Story Seller

日本のエンターテインメント界を代表する7人が、中編小説で競演！　これぞ小説のドリームチーム。新規開拓の入門書としても最適。

伊坂幸太郎著

オーデュボンの祈り

卓越したイメージ喚起力、洒脱な会話、気の利いた警句、抑えようのない才気がほとばしる！　伝説のデビュー作、待望の文庫化！

伊坂幸太郎著

ラッシュライフ

未来を決めるのは、神の恩寵か、偶然の連鎖か。リンクして並走する4つの人生にバラバラ死体が乱入。巧緻な騙し絵のごとき物語。

伊坂幸太郎著

重力ピエロ

ルールは越えられるか、世界は変えられるか。未知の感動をたたえて、発表時より読書界を圧倒した記念碑的名作、待望の文庫化！

伊坂幸太郎著

フィッシュストーリー

売れないロックバンドの叫びが、時空を超えて奇蹟を呼ぶ。緻密な仕掛け、爽快なエンディング。伊坂マジック冴え渡る中篇4連打。

伊坂幸太郎著

砂漠

未熟さに悩み、過剰さを持て余し、それでも何かを求め、手探りで進もうとする青春時代。二度とない季節の光と闇を描く長編小説。

伊坂幸太郎著

ゴールデンスランバー

山本周五郎賞受賞
本屋大賞受賞

俺は犯人じゃない！　首相暗殺の濡れ衣をきせられ、巨大な陰謀に包囲された男。必死の逃走。スリル炸裂超弩級エンタテインメント。

重松清著 **ナイフ**
坪田譲治文学賞受賞

ある日突然、クラスメイト全員が敵になる。私たちは、そんな世界に生を受けた——。五つの家族は、いじめとのたたかいを開始する。

重松清著 **日曜日の夕刊**

日常のささやかな出来事を通して蘇る、忘れかけていた大切な感情。家族、恋人、友人——、ある町の12の風景を描いた、珠玉の短編集。

重松清著 **ビタミンF**
直木賞受賞

もう一度、がんばってみるか——。人生の〝中途半端〟な時期に差し掛かった人たちへ贈るエール。心に効くビタミンです。

重松清著 **エイジ**
山本周五郎賞受賞

14歳、中学生——ぼくは「少年A」とどこまで「同じ」で「違う」んだろう。揺れる思いを抱き成長する少年エイジのリアルな日常。

重松清著 **小さき者へ**

お父さんにも14歳だった頃はある——心を閉ざした息子に語りかける表題作他、傷つきながら家族のためにもがく父親を描く全六篇。

重松清著 **ロング・ロング・アゴー**

いつか、もう一度会えるよね——初恋の相手、忘れられない幼なじみ、子どもの頃の自分。再会という小さな奇跡を描く六つの物語。

村上春樹
安西水丸著

村上朝日堂

ビールと豆腐と引越しが好きで、蟻ととかげと毛虫が嫌い。素晴らしき春樹ワールドに水丸画伯のクールなイラストを添えたコラム集。

村上春樹著

螢・納屋を焼く・その他の短編

もう戻っては来ないあの時の、まなざし、語らい、想い、そして痛み。静閑なリリシズムと奇妙なユーモア感覚が交錯する短編7作。

村上春樹著

世界の終りとハードボイルド・ワンダーランド

谷崎潤一郎賞受賞（上・下）

老博士が〈私〉の意識の核に組み込んだ、ある思考回路。そこに隠された秘密を巡って同時進行する、幻想世界と冒険活劇の二つの物語。

村上春樹著

ねじまき鳥クロニクル

読売文学賞受賞（1～3）

'84年の世田谷の路地裏から'38年の満州蒙古国境、駅前のクリーニング店から意識の井戸の底まで、探索の年代記は開始される。

村上春樹著

海辺のカフカ

（上・下）

田村カフカは15歳の日に家出した。姉と並んだ写真を持って。世界でいちばんタフな少年になるために。ベストセラー、待望の文庫化。

村上春樹著

東京奇譚集

奇譚＝それはありそうにない、でも真実の物語。都会の片隅で人々が迷い込んだ、偶然と驚きにみちた5つの不思議な世界！

荻原浩著
コールドゲーム
あいつが帰ってきた。復讐のために――。4年前の中2時代、イジメの標的だったトロ吉。クラスメートが一人また一人と襲われていく。

荻原浩著
噂
女子高生の口コミを利用した、香水の販売戦略のはずだった。だが、流された噂が現実となり、足首のない少女の遺体が発見された――。

荻原浩著
メリーゴーランド
再建ですか、この俺が？　あの超赤字テーマパークを、どうやって?!　平凡な地方公務員の孤軍奮闘を描く「宮仕え小説」の傑作誕生。

荻原浩著
押入れのちよ
とり憑かれたいお化り、№1。失業中サラリーマンと不憫な幽霊の同居を描いた表題作他、必死に生きる可笑しさが胸に迫る傑作短編集。

荻原浩著
オイアウエ漂流記
飛行機事故で無人島に流された10人。共通するは「生きたい！」という気持ちだけ。爆笑と感涙を約束する、サバイバル小説の大傑作！

荻原浩著
月の上の観覧車
閉園後の遊園地、観覧車の中で過去と向き合う男――彼が目にした一瞬の奇跡とは。過去／現在を自在に操る魔術師が贈る極上の八篇。

佐々木 譲著　エトロフ発緊急電

日米開戦前夜、日本海軍機動部隊が集結し、激烈な諜報戦を展開していた択捉島に潜入したスパイ、ケニー・サイトウが見たものは。

佐々木 譲著　制服捜査

十三年前、夏祭の夜に起きてしまった少女失踪事件。新任の駐在警官は封印された禁忌に迫ってゆく――。絶賛を浴びた警察小説集。

佐々木 譲著　警官の血（上・下）

初代・清二の断ち切られた志。二代・民雄を蝕み続けた任務。そして、三代・和也が拓く新たな道。ミステリ史に輝く、大河警察小説。

佐々木 譲著　暴雪圏

会社員、殺人犯、不倫主婦、ジゴロ、家出少女。猛威を振るう暴風雪が人々の運命を変えた。川久保篤巡査部長、ふたたび登場。

佐々木 譲著　警官の条件

覚醒剤流通ルート解明を焦る若き警部・安城和也の犯した失策。追放された〝悪徳警官〟加賀谷、異例の復職。『警官の血』沸騰の続篇。

佐々木 譲著　獅子の城塞

戸波次郎左――戦国日本から船出し、ヨーロッパの地に難攻不落の城を築いた男。佐々木譲が全ての力を注ぎ込んだ、大河冒険小説。

筒井康隆著
虚航船団

鼬族と文房具の戦闘による世界の終わり——。宇宙と歴史のすべてを呑み込んだ驚異の文学、鬼才が放つ、世紀末への戦慄のメッセージ。

筒井康隆著
旅のラゴス

集団転移、壁抜けなど不思議な体験を繰り返し、二度も奴隷の身に落とされながら、生涯をかけて旅を続ける男・ラゴスの目的は何か？

筒井康隆著
ロートレック荘事件

郊外の瀟洒な洋館で次々に美女が殺される！史上初のトリックで読者を迷宮へ誘う。二度読んで納得、前人未到のメタ・ミステリー。

筒井康隆著
パプリカ

ヒロインは他人の夢に侵入できる夢探偵パプリカ。究極の精神医療マシンの争奪戦は夢と現実の境界を壊し、世界は未体験ゾーンに！

筒井康隆著
家族八景

テレパシーをもって、目の前の人の心を全て読みとってしまう七瀬が、お手伝いさんとして入り込む家庭の茶の間の虚偽を抉り出す。

筒井康隆著
七瀬ふたたび

旅に出たテレパス七瀬。さまざまな超能力者とめぐりあった彼女は、彼らを抹殺しようと企む暗黒組織と血みどろの死闘を展開する！

船戸与一著
風の払暁
―満州国演義一―
外交官、馬賊、関東軍将校、左翼学生。異なる個性を放つ四兄弟が激動の時代を生きる。満州国と日本の戦争を描き切る大河オデッセイ。

船戸与一著
事変の夜
―満州国演義二―
満州事変勃発！　謀略と武力で満蒙領有へと突き進んでゆく関東軍。そして敷島兄弟に亀裂が走る。大河オデッセイ、緊迫の第二弾。

船戸与一著
群狼の舞
―満州国演義三―
「国家を創りあげるのは男の最高の浪漫だ」。昭和七年、満州国建国。敷島四兄弟は産声を上げた新国家に何色の夢を託すのか。

船戸与一著
炎の回廊
―満州国演義四―
帝政に移行した満州国を揺さぶる内憂外患。そして、遥かなる帝都では二・二六事件が！　敷島四兄弟と共に激動の近代史を体感せよ。

船戸与一著
灰塵の暦
―満州国演義五―
昭和十二年、日中は遂に全面戦争へ。兵火は上海から南京にまで燃え広がる。謀略と独断専行。日本は、満州は、何処へ向かうのか。

船戸与一著
大地の牙
―満州国演義六―
中国での「事変」は泥沼化の一途。そしてノモンハンで日本陸軍は大国ソ連と砲火を交える。未曾有の戦時下を生きる、敷島四兄弟。

新潮文庫最新刊

河野裕著
凶器は壊れた黒の叫び
柏原第二高校に転校してきた安達。真辺由宇と接触した彼女は、次第に堀を追い詰めていく……。心を穿つ青春ミステリ、第4弾。

王城夕紀著
青の数学2
—ユークリッド・エクスプローラー—
夏合宿を終えた栢山の前に偕成高校オイラー倶楽部・最後の1人、二宮が現れる。数学に全てを賭ける少年少女を描く青春小説、第2弾。

白洲正子著
ほんもの
—白洲次郎のことなど—
おしゃれ、お能、骨董への思い。そして、白洲次郎、小林秀雄、吉田健一ら猛者と過ごした日々。白洲正子史上もっとも危険な随筆集!

池田清彦著
世間のカラクリ
地球温暖化、がん治療から大麻取締法まで、人気生物学者が最新知見を駆使して、国民を騙す権力のペテンに切り込む痛快エッセイ。

井上雪著
廓のおんな
—金沢 名妓一代記—
七歳の時、百円で身売りされた娘はやがて東の廓を代表する名妓に。花街を生きた女の真実を移りゆく世相を背景に描く、不朽の名著。

廣末登著
組長の娘
—ヤクザの家に生まれて—
生家は博徒の組織。昭和ヤクザの香り漂う河内弁で語られる濃厚な人生。気鋭の犯罪社会学者が聴き取った衝撃のライフヒストリー。

迷《まい》子《ご》の王《おう》様《さま》

―君たちに明日はない5―

新潮文庫　　か－47－15

平成二十八年十一月一日発行

著者　垣《かき》根《ね》涼《りょう》介《すけ》

発行者　佐藤隆信

発行所　株式会社　新潮社

郵便番号　一六二―八七一一
東京都新宿区矢来町七一
電話　編集部(〇三)三二六六―五四四〇
　　　読者係(〇三)三二六六―五一一一
http://www.shinchosha.co.jp

価格はカバーに表示してあります。

乱丁・落丁本は、ご面倒ですが小社読者係宛ご送付ください。送料小社負担にてお取替えいたします。

印刷・大日本印刷株式会社　製本・憲専堂製本株式会社

ISBN978-4-10-132977-2 C0193